KB212402

금요일엔 시골집으로 퇴근합니다

서울에서 두 시간 반을 달리면 도착하는 집.
자그마한 마을길을 사이에 두고 이웃집과 마주한 집.
작은 툇마루와 함께 세월의 흔적을 그대로 간직한 집.
결국 이 집이 나의 집이 되었다.

나의 작은 시골집.

나의 주말 집.

고치고 돌보며 기록한 사계절

떠나고 싶었다. 복잡한 도시를, 치열한 일의 세계를, 경쟁하듯 상처를 주고받는 관계들을. 어느 날 갑자기 시골 폐가를 사겠다고 마음먹은 것은 그런 이유에서다. 덜컥 매매 계약을 하고 집을 고치기 시작했을 때, 남몰래 마음에 품은 단어는 '퇴사'였다. 이 집을 다 고치고 나면 무슨 수를 쓰든 회사를 그만둘 것이고, 서울을 떠날 것이며, 안 봐도 되는 이들은 안 보며 살 것이라고 다짐했다.

막상 공사가 끝나니 현실감이 돌아왔다. 내겐 월급이 유일한 수입원이었고, 시골에서 돈벌이할 만한 기술 같은 건 없었다. 게다가 시골집을 사고 고치느라 빌린 대출금도 상환해야 했다. 당장 회사를 그만두고 시골로 아예 떠날 수는 없다는 결론에 이르렀고, 당분간 서울과 시골집을 오가며 살아보자 마음먹었다. 그렇게 시골집에서 첫 계절을 맞았다. 봄이었다.

주말마다 만난 자연은 묵묵하고 성실했다. 애써 살피지 않으면 눈치채지 못할 만큼, 매일 조금씩 계절을 바꾸어갔다. 나와 달리 눈치 빠른 초목들은 작은 변화를 감지해낼 줄 알았다. 제 순서를 기다려 잎을 내고 가지를 뻗고 꽃을 피웠다. 그러다 자신의 때가 지나면 순순히 물러날 줄도 알았다. 텃밭의 작물들 또한 그랬다. 몇 주 내내 통 자라지 않아 애태우다가도, 한차례 큰비가 지나고 나면 훌쩍 자라 나를 놀라게 했다.

물론 그런 내 곁에는 그 흐름을 따라 수십 년을 살아온 이웃 어르신들이 있었다. 너무 멀지도 가깝지도 않은 거리에서 무던한 다정을 베푸는 사람들. 이웃 말고도 다정한 이들이 더 있다. 내가 '작은 자연'이라 부르는, 우리 집 마당에 오가는 동물 친구들이다. 이 모든 존재가 내 마음을 어루만져주었다. 그렇게 그해 여름과 가을을 지나 겨울에 다다랐을 때, 자연스레 알게 되었다. 자연이, 사계절이, 매주 떠나고 돌아가기를 반복하는 이 삶의 방식이, 지친 나를 일으켰다는 것을 말이다.

그 후로 다시 두 번의 봄이 지났다. 최초의 계획과 달리, 지금도 나는 회사에 다니고 서울에 산다. 대신 금요일 밤이면 서울에서 시골집으로 퇴근하는 삶을 살고 있다. 시골집에서 몇 번의 봄, 여름, 가을, 겨울을 보냈다. 그 계절 속 일들을 기록했더니 이렇게 한 권의 책이 되었다. 이 책은 낡고 불편한 구석이 있지만 시간의 흐름을 간직한 집, 나의 시골집에 대한 이야기다. 동시에 모든 것에서부터 멀어지고 싶었던 나를, 살피고 돌보아온 기록이기도 하다.

시골살이, 5도2촌 같은 라이프스타일이 주목받는 요즘이다. 그렇지만 나는 모두의 행복과 평안이 시골에 몽땅 숨겨져 있다고는 생각하지 않는다. 그저 내가 찾은 작고 사소한 행복의 순간들을 나누고자 이 책을 썼다. 과거의 나와 같이 지친 마음으로 책장을 넘기고 있을 누군가에게, 이 마음이 무사히 가닿기를 바란다.

— 2022년 여름에

Contents

〔밀착취재〕 집에서 집으로

여기는 서울집. 퇴근 후 집에 도착하면 바빴던 평일의 흔적부터 정리한다. 밀린 빨래와 설거지를 해결하고 제자리를 잃은 살림살이들을 정돈한다. 한차례 집안일을 마치면 저녁을 든든히 챙겨 먹고 슬슬 떠날 채비를 한다. 내가 부산스럽게 짐을 챙기고 있으면, 소망이는 어느새 이동가방에 들어가 자릴 잡고 앉는다. 이제 곧 출발이라는 걸 소망이도 아는 것 같다.

거리의 불금이 한창이고 도로는 차츰 한산해지는 시간. 이때쯤 서울을 나선다. 목적지는 서울에서 200km 넘게 떨어진 충남의 작은 마을이다. 훌쩍 떠나기에는 먼 거리지만, 가까운 곳을 나서듯 가벼운 마음으로 출발한다. 낯선 곳으로 떠나는 여행이 아니라, 집에서 집으로 향하는 익숙한 여정이니까.

들고 또 들어도 여전히 좋은 노래 몇 곡을 반복해 들으며 한적한 밤의 도로를 달린다. 한참을 달리다 슬슬 어깨가 뻐근해질 때쯤 졸음쉼터에 들른다. 차가 멈추자 도착한 줄 알았는지, 소망이가 잠에서 깬다.
"더 자. 아직 더 가야 돼."
뒷자리에 앉은 소망이를 한 번 더 확인하고, 크게 기지개를 켠 후 다시 출발한다. 지금부터 한 시간 남았다.

한적한 고속도로를 한참 더 달리다 보면, 곧 '금산'이라는 내비게이션의 안내 음성이 들린다. 안내에 따라 IC를 나서면 곧 고요한 시골길을 만날 수 있다. 이 구간부턴 노랫소리보다 개구리 울음소리가 더 크게 들려온다. 닫힌 창문을 비집고 들어온 풀 내음과 흙냄새는 이제 거의 다 왔다는 신호다.

고요히 잠든 마을을 깨우지 않도록 천천히 마을로 들어선다. 익숙한 진초록색 대문이 보이기 시작하면 도착했다는 안도감과 반가움이 한꺼번에 몰려온다. 드디어 집이다!

시골집에 도착하면 오랜 시간 차를 타고 오느라 고생한 소망이부터 돌본다. 소망이가 5일 만에 다시 온 시골집을 탐색하며 적응하는 동안, 나는 집 안에 난입해 죽어버린 이름 모를 각종 벌레들의 흔적부터 치운다. 마지막으로 텃밭의 작물들이 안녕한지 한 바퀴 순찰까지 마치고 나면, 자정에 가까운 시간이 된다.

00:30

출발하기 전 편의점에서 공수한 와인을 꺼내 그럴싸하게 테이블을 세
팅한다. 소망이는 꾸벅꾸벅 졸면서도 곁에 앉아 내 술친구가 되어준
다. 창밖 저 멀리서 호랑지빠귀가 휘파람 소리를 내며 휘익휘익 운다.
그 소리가 점점 선명해지는 걸 보니 밤이 깊었나 보다.

주말이라 휴대폰 알람은 울리지 않지만, 소망이 배꼽시계는 주말에
도 쉬지 않고 정확하게 울린다. 아침 식사를 대령하라고 야옹야옹 호
령하는 소리에 잠에서 깼다. 소망이의 아침밥을 챙기고 마당 순찰에
나선다.

봄이 되어 줄기가 통통해진 양파 옆으로 자그마한 보랏빛 꽃이 잔뜩
피었다. 검색해봤더니 광대나물이라고 한다. 오늘도 소망이 덕분에
시골집의 아침을 놓치지 않고 누린다.

마당 순찰을 마치고 나면 '모닝페이지'를 쓰고 아침을 먹는다. 아침마다 떠오르는 생각들을 세 페이지에 걸쳐 자유롭게 적는 일이다. 처음에는 매일 세 페이지를 무슨 이야기로 채우나 싶었는데, 생각보다 내 안에는 이야깃거리가 많았다. 노트에다 시시콜콜 전부 털어놓고 하루를 시작하면 마음이 한결 가볍다.

08:30

주말 아침에는 어렵지 않게 산책을 마음먹게 된다. 눈뜨면 출근하기 바쁜 평일 아침에는 엄두도 내지 못하는 일이다. 적당한 외출복을 찾아 입고 대문을 나선다. 마을을 벗어나 조금 걷다 보면 금방 숲길을 만난다. 바람 소리, 물소리, 새 울음소리만 간간이 들리는 숲속을, 발소리를 낮추며 걷는다.

걷고 또 걸으며 고민이라고 말하기엔 자잘하지만 자꾸만 마음에 걸리는 일들을 되짚어본다. 그대로 두어도 딱히 별일은 없겠지만, 그렇다고 방치하면 가끔 따끔한 맛을 보게 되는 손거스러미 같은 일들 말이다. 주말 아침마다 숲길을 걸으며 알게 된 사실은, 보통 그런 일들은 내 마음을 다치게 한 일이라는 것이다. 다른 사람을 배려한다거나 상황에 맞게 대처한다면서 정작 나를 방치해서 마음 아팠던 일. 그게 까슬하게 남곤 하는 것이다. 그래서 나는 이 오롯한 시간, 고요한 숲속에서 쭈뼛쭈뼛 나에게 위로의 말을 건넨다. 네 마음 나는 안다고. 지난 한 주도 나로 사느라 고생 많았다고. 이번 주말도 재밌게 보내자고.

오늘은 뒷마당 쇄석(인공골재용으로 잘게 부순 돌)을 걷고 잔디를 까는 날이다. 전부터 시골집 마당에는 당연히 잔디가 어울릴 거라 생각했지만, 잔디 마당은 잡초 관리가 쉽지 않다는 말에 잡초가 거의 나지 않는다는 쇄석을 깔았었다. 그런데 작년부터 두터운 쇄석층을 뚫고 잡초가 자라나자 이때다 싶었다. 잡초가 올라오기 시작한 뒷마당만이라도 잔디를 깔자. 대신 비용을 줄이기 위해 잔디를 주문해서 직접 깔기로 했다. 반나절이면 될 것 같다.

쇄석을 걷어내고 톱밥, 상토, 모래를 잘 섞어 평탄화 작업을 한다. 그리고 그 위에 잔디를 차근차근 올린다. 3분의 1 정도 작업했을 때, 뭔가 이상하다는 걸 눈치챘다. 면적 계산을 잘못했는지, 잔디가 한참이나 모자란 것이다.

잔디를 더 사려면 차로 한 시간 거리의 대전까지 나가야 하는데 이미
점심때다. 가는 길에 읍내에 들러 점심도 해결하고 오면 될 것 같다.
그런데 마침, 정말 '가는 날이 장날'이라고 오일장이 열리는 날이 아
닌가! 보리밥을 먹고 나오는 길, 모종 가판에 시선을 뺏겼다. 봄의 장
날에는 모종 쇼핑의 유혹을 견디기 어렵다. 정신을 차려보면 어느새
내 손에는 모종이 잔뜩 든 비닐봉지가 들려 있다.

12:30

15:30

차로 한가득 잔디를 싣고 와, 한참 동안 추가 작업을 하고 나서야 마당이 완성됐다. 집 안팎을 돌보는 일 중 대부분이 살면서 한 번도 해보지 않은 일이다. 그래서 항상 이렇게 좌충우돌한다. 그래도 드디어, 잔디 마당이 생겼다.

17:00

장에서 사온 단정화, 운간초, 무스카리, 애플민트를 화단에 심었다. 그 김에 집 안에서 키우던 히아신스도 화단에 옮겨 심는다. 자그마한 잎과 줄기에서 벌써 꽃대를 올려, 모종을 옮길 때마다 향기가 은은히 퍼졌다. 다음 주에 꽃샘추위 소식이 있어서 냉해가 걱정되지만, 일단 심었으니 이후의 일은 자연에 맡기기로 한다.

하루가 순식간에 지나가고 벌써 저녁 시간이다. 매일 책상 앞에만 앉아 있다가 갑자기 바삐 움직였더니 온몸이 아프다. 모래랑 잔디를 나르느라 안 쓰던 근육을 쓴 탓이다. 덕분에 버섯전골 국물을 뜨는 숟가락까지 바들바들 떨린다. 그래도 좋다! 벌써 마음속으로는 초록빛 잔디가 올라온 마당을 상상하고 있으니까.

꽉 채운 토요일. 지금부터는 자유시간이다. 난로 곁에 앉아 어제 남긴 와인을 마시며 소망이와 시간을 보낸다. 읽고 싶었던 책도 읽고, 보고 싶었던 드라마도 정주행한다.
별이 얼마나 떴을까 궁금해서 창밖을 내다보는데, 매번 선명하게 보이던 별들이 오늘따라 하나도 보이지 않는다. 아마 내일은 날이 흐릴 모양이다.

일요일

10:00

늦잠을 잤다. 오늘은 소망이의 알람도 소용이 없었다. 잠결에 사료를 부어주고는 다시 잠들었다 눈을 뜨니 10시다. 어제 잔디 작업의 여파이기도 하고, 새벽부터 부지런히 들리던 빗소리 때문인 것도 같다.

11:00

잠시 마당 순찰을 다녀와서 모닝페이지를 적고 아침을 먹는다. 오늘은 감자를 심으려고 했는데 봄비 덕에 쉬어간다.

시골집에서의 시간은 빠르기도, 느리기도 하다. 어제의 잔디 작업처럼 집의 어딘가를 바꾸거나 고치는 날, 텃밭에 작물을 심거나 수확하는 날이면 순식간에 하루가 끝나버린다. 오늘처럼 비가 오고 특별한 일정이 없는 날은 시간이 느리고 평화롭게 흘러간다. 이런 날은 무언가를 보고, 읽고, 기록한다. 이 집에서 보내는 이런 시간들이 나를 더 새롭고 단단하게 해주는 것 같다.

어제 버섯전골을 만들고 남은 버섯으로 점심을 준비한다. 점심메뉴는 버섯조림, 청국장, 세발나물무침, 양상추쌈이다. 내가 나를 위해 준비하는 일주일에 몇 번 없는 정성스런 밥상이다.

오후가 되자 빗방울이 잦아든다. 오늘은 잊지 말고 재활용품을 내놓아야 한다. 이곳엔 서울집처럼 건물마다 재활용품 분리 수거장이 따로 있는 게 아니라, 마을 입구에 재활용품 처리장이 하나 있다. 오늘은 내놓을 게 많아 이웃에서 외발 수레를 빌려왔다. 잘못하다간 중심을 잃고 실은 것들을 모두 쏟을 수 있으니 집중해야 한다.

비가 그쳤다. 사실 텃밭 일을 하기 가장 좋은 때는 비가 막 그치고 난 뒤다. 땅이 성글어서 무언가를 심기도, 뽑기도 좋다. 작년 가을에 심었던 부추 뿌리가 텃밭 어귀에 남아 있었는지 조심스레 싹을 올리고 있다.

"요고를 짜끄마니 쪼개가지구 일루다가 쪼로록 심어. 그럼 여기서 이제 부추가 또 나지."

마침 마당에 들르셨던 옆집 어르신이 오늘도 가르침을 주신다. 알려 주신대로 부추 뿌리를 작게 쪼개어 심은 뒤, 뒤이어 잡초 뽑기에 돌입한다. 비로 촉촉히 땅이 젖은 지금, 잡초 뽑기 딱 좋은 타이밍이다.

일요일 오후에는 〈수풀집 편지〉 원고를 쓴다. 구독자들에게 격주에 한 번, 나의 시골집, '수풀집'의 이야기를 이메일로 보낸다. 일종의 시골살이 뉴스레터다. 텃밭, 시골 풍경, 마을의 크고 작은 에피소드, 마당에 놀러오는 고양이들 같은, 이 집의 모든 것들이 소재다. 기록하지 않으면 기억되지 않을 슴슴한 이야기지만, 편지에 적으며 새로운 의미로 기억된다. 그 마음과 의미가 구독자들에게도 전해지기를 바라며 오늘도 한 자 한 자 적는다.

종일 비가 내리니 내내 김치전 생각이 났다. 장독에서 묵은지를 꺼내
와 김치전을 부친다. 여유 있게 만들어 옆집에 나누러 갔더니, 김치
전을 받으시고는 부추전을 내미신다.
"통했네. 양쪽 다 김치전이면 어쩔 뻔했어."

창밖이 캄캄해지고 온 마을이 고요해지면 서울로 출발할 준비를 시
작한다. 빨래를 돌리고 설거지를 한다. 집 안 구석구석을 돌아본 뒤,
마당고양이들의 사료까지 챙기고 나면 출발 준비 끝.

이 시간이 되면 마을에는 이런저런 동물들의 소리만 들려온다. 계절
마다 다른 새 울음소리가 들리기도, 산짐승 소리가 또렷하게 들리기
도 한다. 처음 시골살이를 시작했을 때는 무서웠는데 지금은 마음이
편안해지는 소리다. 밤새들의 소리를 배웅 삼아 시골집을 나선다.

22:30

차로 두 시간 넘게 달리다 보면 어느새 올림픽 대교가 보인다. 나에게는 올림픽 대교가 서울에 다 왔다는 신호다.

여행지에서의 마지막 날, 나는 두 가지 마음이 동시에 들곤 했다. 이 여행이 끝나지 않고 계속되었으면 하는 마음과, 얼른 내 방 내 침대로 돌아가 편히 눕고 싶은 마음. 시골집에서 주말을 보내고 서울로 돌아오는 내 마음도 비슷하다. 주말 시골살이의 끝이 아쉽기도 하지만, 서울의 야경이 반갑기도 한 것이다.

어디서인가 하루하루를 여행처럼 생각하면, 모든 순간이 소중하고 특별해진다는 구절을 읽은 적 있다. 5도2촌 생활(일주일에 5일은 도시, 2일은 시골에서 사는 생활)을 시작하고부터는 늘 여행하는 마음이다. 서울에서 보내는 닷새 동안은 주말 이틀이, 시골집에서 보내는 이틀 동안은 서울에서 보내는 닷새가 여행처럼 느껴진다. 집에서 집으로 떠나는 아주 익숙한 여행.

서울에 도착한 일요일 밤. 나는 이렇게 반갑게 서울과 마주한다.

1 봄

3월에서 5월, 봄

봄은 땅에서부터 시작된다.
어린 연둣빛 싹이 하나둘 흙을
밀어 올리며 고개를 내미는
땅으로부터. 꽁꽁 얼었던 땅이
녹고 이제 봄이라는 신호다.
이때부터 수풀집의 봄도
시작된다.

작년 가을.

마당 텃밭에 심어두었던 마늘이

땅속에서 추운 겨울을 보내고 싹을 틔웠다.

봄 마을풍경

봄

괜찮지만 괜찮지 않은

첫 명함이 생겼던 날을 기억한다. 내 이름 앞에 'MD'라고 쓰여 있었다. MD 김미리. 명함이 생긴 후론 모든 만남에서 명함 꺼낼 타이밍을 재느라 바빴다. 명함을 받아든 사람이 "MD가 뭔가요? 무슨 일을 해요?"라고 물을 때면 명쾌하고 그럴듯하게 답하려고 얼마나 애썼는지 모른다.

이커머스E-commerce MD는 앱이나 웹사이트 같은 온라인 플랫폼 을 통해 소비자와 상품, 그리고 판매자를 연결하는 직업이다. 플 랫폼에 입점할 브랜드와 상품을 결정하고, 판매가와 프로모션을 협의하는 일을 한다. 플랫폼의 차별성을 강조하기 위해 새로운 상품이나 브랜드를 기획하기도 한다.

나는 오랫동안 패션 상품을 담당하는 MD로 일했다. 모든 상품이 그렇지만 특히 패션은 트렌드의 변화에 예민한 상품군이어서 매 시즌 신상품을 기획하는 데 공을 들였다. 자연스럽게 여름에는 패딩을, 겨울에는 반팔을 들여다보며 지냈다. 계절을 바꾸어 사 는 그 감각이 좋았다. 보라색 티셔츠의 채도가 좀 더 높으면 좋을 지 아니면 반대가 좋을지, 옷의 길이를 1인치 늘이면 좋을지 그

대로가 좋을지, 어쩌면 알아줄 이가 별로 없는 고민들을 하는 순
간도 찐하게 좋았다.

학창 시절 내가 입고 신었던 것들을 단순히 철 지난 패션 아이템
이라 생각하지 않는다. 리바이스 엔진 바지, 나이키 맥스 시리
즈, 이스트팩 가방, 컨버스 신발… 추억의 이름들을 읊다 보면
잊고 살던 학창 시절의 뿌연 에피소드도 선명해지고 그때 즐겨
듣던 노래, 자주 가던 길, 질풍노도였던 내 마음까지도 다 생각난
다. 그래서 옷을 만들고 파는 일이 좋았다. 내가 고민하며 만드는
이 옷들도 누군가의 추억으로 간직될 테니까.

플랫폼 규모에 따라 다르지만, MD는 하루에 수억에서 수십억의
매출을 취급한다. 그러다 보면 어느 순간 매출이 곧 내가 되어버
리고 만다. 상품이 잘 팔릴 때는 세상이 나의 편인 것 같은 기분
이 든다. 회사도 나의 편, 브랜드도 나의 편, 고객도 나의 편. 반
대로 잘 팔리지 않을 때는, 완벽하게 혼자인 것 같은 기분이다.

물론 매출이 쭉쭉 오르고 완판 행진을 거듭할 때도 고충은 있다.
출근보다 먼저 전화벨이 울리고, 카톡 아이콘에 새 메시지를 알
리는 숫자가 올라간다. 메일함에는 읽는 속도보다 빠르게 메일
이 쌓이고, 메신저에는 새로운 대화를 알리는 불이 쉴 틈 없이 번
쩍인다. 특히 아침 일찍 오는 연락은 대부분 사건 사고다. 보통은
대량의 배송 지연이 발생하고 있다거나 CS 문제가 생겼다는 연
락이다. 상품 가격에 '0'이 하나 빠진 채로 팔리고 있다거나 상품
자체의 결함이 발견되었다는 급박한 연락도 있다. 그래서일까,

언제부턴가 벨소리가 들리거나 메시지 알림음이 울리면 심장이 마구 쿵쾅대기 시작했다. 내 마음도 모르고 벨소리와 알림음은 요일과 시간을 가리지 않고 울려댔다. 온라인 스토어는 문을 닫지 않는다. 연중무휴, 24시간 오픈이다. 머리를 감다 말고 물을 뚝뚝 흘리며 컴퓨터 앞으로 뛰어가거나, 늦은 밤 음식점 테이블 위에 노트북을 펼쳐놓는 게 대수롭지 않은 일이 되어갔다.

그럼에도 괜찮았다. 힘든 날이 있으면 그렇지 않은 날도 있었으니까. 무엇보다 일로 얻는 크고 작은 성취와 인정들이, 나를 계속 일의 세계로 떠밀어주었다. 일하는 나, 조직 속의 나, MD 김미리가 어떤 나보다 멋지고 중요했다. 여태까지 누군가 나에게, 그리고 내가 나에게 기대한 역할 중 가장 마음에 드는 것이었다. 그 무렵 불안과 힘겨움은 책임감으로 갈음하곤 했다.
직장인으로서의 삶은 잘 굴러갔다. 급하게 추가되거나 변경되는 일이 있어도 마감을 놓치는 법이 없었다. 몸이 아파도 병원 일정을 미루거나, 옷장 속이 엉망이 되거나, 가까운 이들의 대소사를 잊는 일이 흔해졌지만 그럭저럭 나쁘지 않게 살고 있다고 생각했다. 그렇게 어느새 10년 차 MD가 되었다.

언제부터였을까. "무슨 일 하세요?"라는 질문에 MD라는 대답 대신 "직장인이에요", "회사원이에요" 대답하던 즈음이었을까. 심상치 않은 마음의 신호들이 나타났다. 불현듯 무기력해지거나 느닷없이 화가 났다. 직장생활 하는 사람들이 다들 그렇지, 하면서 스스로를 어르기도 하고 냉정하게 나무라기도 했다. 그렇지만 무기력과 분노는 쉽게 사라지지 않았다. 조금 더하고 덜한 날들이 계속되었을 뿐이다.

그러던 어느 날, 마음속 팽팽하게 당겨져 있던 줄이 우연히 날카로운 무언가에 닿아 툭 끊어져버렸다. 출근길 지하철역 계단이었다. 마음만큼 걸음도 바빴던 내 앞에, 휴대폰에 시선을 고정한 채 느리게 걷는 사람이 있었다. 나는 그 사람의 등에 코를 박은 것마냥 바짝 따라 걷고 있었다. 몇 계단 지났을까. 그 사람은 여전히 느렸고 순간 나는, 그를 확 밀쳐버리고 싶다는 강렬한 충동을 느꼈다. 앞선 이의 뒤통수를 노려보며 생각했다.

'빨리빨리 가라고. 안 바빠? 당신만 안 바빠. 난 바쁘니까 비키라고! 길 막지 말라고!'

대체 내가 왜 이러지, 하면서도 가슴속에 뜨거운 무언가가 사그라들지 않았다. 아무래도 마음이 고장난 것 같았다. 더이상 괜찮지 않았다.

그날 밤, 집에 돌아와서 분노조절장애, 정신과 상담, 심리 상담 같은 단어를 검색해보았다. 한 달 살기, 휴직, 퇴사 같은 단어들도. 그 검색의 마지막이 '시골집 매매'였다.

시골 폐가를 덜컥 사버렸다

3년 전 가을. 시골에 쓰러져가는 한옥 폐가를 덜컥 샀다. 정신을 차리고 보니 내 손에 계약서가 들려 있었다. '샀다'가 아니라 '저질렀다'라는 표현이 더 어울릴 일이었다. 계획했던 일이 아니어서 빚을 내어 잔금을 치렀다. 직장인의 든든한 친구 마이너스 통장이 있으니 가능한 일이었다.

"나중에 나이들면 시골에 집 짓고 살 거야" 하고 입버릇처럼 말하곤 했다. TV에 시골집 이야기가 나오면 당장 내일이라도 시골로 떠날 사람처럼 시선을 빼앗기곤 했다. 하지만 막상 현실에선 아무것도 시작하지 않았고, 당연히 아무 일도 일어나지 않았다. 그저 매번 상상 속에서 열심히 집을 짓고 텃밭을 가꾸다 상상의 시간이 끝나면 빠르게 현실로 돌아올 뿐이었다. 그랬으니 이런 빠른 전개는 스스로도 예상하지 못했다.

가끔 '나중에 나이들면'에서 '나중'은 몇 살을 말하는 건지 나 자신에게 궁금하기는 했다.

'마흔? 그럼 5년밖에 안 남았는데.'

'예순? 그건 또 너무 늦는 거 아닌가.'
'그럼 중간인 쉰? 그쯤이면 회사도 그만뒀으려나?'

그러다가 모든 일에 지쳐 있던 어느 날의 내가 대답했다.
'나중 말고 지금은 어때?'

그때 나는 회사 생활과 인간관계에 지쳐 피폐한 상태였다. 그래서 주말만이라도 자연과는 가깝고, 사람들과는 먼 어딘가로 떠나 쉬고 싶었다. 그게 연고도 없는 지역의 시골집을 이리저리 알아보고 덜컥 계약하게 한 원동력이었던 것 같다.

내가 찾은 이 집을 동네 사람들은 '폐가'라고 불렀고, 사진을 본 친구들은 '귀신의 집'이라고 불렀다. 나는 이 집을 '수풀사이로'

라고 이름 지었다. (줄여서 '수풀집'이라고 부른다.) 처음 집에 들어
섰을 때 수풀이 무성했던 풍경이 마음에 들었기 때문이다. 사람
이 오래 살지 않아 여기저기 무너지고 쓰러진 집을 치우고 보수
하는 데는 시간이 꽤 걸렸다. 한 차례 공사가 끝난 후에도 손볼
곳이 많았다. 주말마다 서울과 시골을 오가며 찬찬히 집을 고쳐
나갔다. 그리고 이제야 조금은 나다운 공간이 되었다.

주말 시골살이는 그리 특별하지 않다. 간간이 동네를 산책하고
틈틈이 마당과 텃밭을 돌본다. 종종 마당에 놀러오는 동네 고양
이들과 시간을 보내고, 이웃 어르신들께 시골살이에 필요한 일
들을 하나씩 배우며 지낸다. 무더운 날엔 집 앞 냇가에서 다슬기
를 잡기도 한다. 마당과 텃밭의 일이 줄어드는 겨울에는, 아무도
밟지 않은 너른 눈밭을 내가 제일 먼저 밟아보는 소소한 즐거움
도 있다. 이런 주말의 시간들이 쌓이고 있다.

시골살이를 시작하기 전의 주말은 그저 밀린 잠을 해결하는 시간이었다. 그렇게 주말 내내 쉬었는데도 월요일 아침엔 해결되지 않은 피로감에 괴로웠다. 물론 지금도 월요병에 시달리고 여전히 주말을 손꼽아 기다리지만, 주말이 평일의 도피처가 아니라 오롯한 쉼을 위한 시간이 되었다는 것은 분명하다. 그리고 나와의 관계도 달라졌다. 이전의 나는 나와 조금 서먹했다. 서른 중반이 지나도록 스스로에 대해 깊이 생각하고 고민해보지 못한 탓이다. 그런데 집 고치기가 그 계기가 되었다. 쓰러져가는 폐가가 내 손을 거쳐, 몰랐던 나의 취향과 선호를 담은 공간이 되어가는 과정은, 나를 알아가는 과정이기도 했다.

공사는 끝났지만, 집을 돌보고 그 안에서 사는 나를 돌보며, 나는 나와 점점 더 좋은 사이가 될 것 같다.

모종 쇼핑

봄에 놓치면 안 되는 것이 바로 꽃 모종 쇼핑이다. 어느 날은 읍내 화원에서, 어느 날은 오일장 가판 앞에 쭈그리고 앉아 한참을 고민한다. 모양도 색도 모두 다른 꽃 중 딱 몇 가지만 고르는 건 정말 쉬운 일이 아니다.

봄의 텃밭

주변에 슈퍼나 마트가 없기 때문에 요리할 때 자주 쓰는 작물들은 마당 텃밭에서 직접 키운다. 상추, 고추, 토마토, 부추, 파 같은 작물들은 초보 농부인 내 손에서도 제법 잘 자란다.

감자 심기

씨눈이 두어 개 포함되도록 씨감자를 쪼개어 밭에 심는다. 감자는 일단
심고 나면 더 손이 가지 않는 작물이다. 그때부터는 기다리는 일만 남는
다. 나는 그저 기다린다. 감자 싹이 기운차게 땅 밖으로 고개를 내밀기
를. 땅속에서 감자알이 실하게 잘 여물기를.

장미

마당이 있는 집에 흔히 있는 꽃, 장미. 나도 화단을 만들겠다고 결심했을 때 제일 먼저 장미를 사왔다. 그때는 몰랐다. 장미가 이렇게 손이 많이 가는 줄 말이다. 아, 가드너들은 우스갯소리로 장미를 병충해 종합 선물 세트라고 부른다고 한다.

텃밭에서 충전 중
: 시간, 햇빛, 비와 바람, 그리고 덜어내기

시골살이에서 요즘 내가 제일 좋아하는 건 텃밭 가꾸기다. 금요일 늦은 밤 시골집에 도착하면 후다닥 짐을 내려놓고 텃밭부터 확인한다. '줄기가 올라왔을까, 열매가 커졌을까' 하며 컴컴한 뒷마당에 쪼그려 앉아 이파리 한 장 한 장을 관찰한다. 그 시간이 좋다. 한 주를 마무리하는 의식을 치르는 기분이다.

내가 어릴 적 우리 할머니에게도 텃밭이 있었다. 집과 집 사이의 아주 좁은 (심지어 남의) 땅이었지만, 할머니는 눈만 뜨면 그곳으로 향하셨다. 관절이 아파 죽겠다면서도 매일 밭으로 향하는 할머니를, 그때 나는 이해할 수 없었다. 그 시간과 노력이면 사 먹는 게 훨씬 쌀 것이라는 뾰족한 말도 보태었던 것 같다. 가족들에게 직접 키운 채소를 먹인다는 보람이 우선했겠지만, 지금 생각해보면 그 시간은 할머니만의 평온한 시간이 아니었을까. 하늘나라의 할머니에게 물어볼 수 없으니 혼자 추측할 뿐이지만, 지금은 3년 차 텃밭러로서 그랬으리라는 생각이 든다.

본격 시골살이를 시작한 후 맞은 달은 5월이었다. 무엇을 심어도 알아서 잘 자라는 계절이라고들 했다. 그런데 내 텃밭의 작물들은 기다리고 기다려도 그대로인 것이다. 한두 번의 주말이 지나갔고 나는 뭐가 잘못됐나, 뿌리가 썩었나 걱정하기 시작했다. 그러던 어느 날, 한차례 큰비가 지나가자 거짓말처럼 작물들이 훌쩍 자랐다. 신기하고 놀라웠다. 그렇게 자라난 줄기 하나, 잎 하나도 너무 소중해서 자라는 대로 그대로 두고 지켜보았다. 그랬더니 토마토와 상추, 고추들이 한 데 얽히고설켜 순식간에 텃밭은 밀림이 되었다. 당연히 열매도 제대로 맺지 못했다. 게다가 너른 밭에 작물들은 왜 이렇게 틈도 없이 촘촘하게 심었는지, 사이사이 작은 가지와 잎들은 볕도 못 보고 바람도 들지 않아 결국 노랗게 시들어 말라버렸다.

첫 계절에는 시행착오를 겪었지만, 그 덕분에 이제는 알게 된 몇 가지가 있다. 작물들의 성장 속도는 모두 같지도, 일정하지도 않다. 훌쩍 자라기 위해서는 가끔 거센 비바람이 필요하다. 작물들이 더 잘 자라게 해주려면 적당한 간격과 적당한 때의 가지치기가 필요하다. 그래야 저답고 튼실한 결실을 맺을 수 있다.

시골집을 찾아다닐 즈음 나는 일과 사람 관계에 지쳐 무기력한 상태였다. 나는 내가 하는 일과 그 사이에 존재하는 관계들을 좋아한다. 좋아하는 일로 밥벌이를 할 수 있다는 것이 행운이란 것도 알고 있다. 그렇지만 좋아하는 일을 한다고 해서 견디기 힘든 순간이 오지 않는 것은 아니다. 그 힘듦을 적당한 때에 건강한 방법으로 풀었어야 했는데 그냥 안으로 쌓아두고만 있었다. 그러다 어느 날, 더이상 에너지가 남아 있지 않다는 걸 느꼈다. 방전

이었다. 이제 보니 시골집을 고치기로 다짐한 것은 로망의 실현이라기보다 도피에 가까웠다.

도피든 무엇이든 나는 주말마다 시골집에 갔다. 그리고 주말만큼은 마감 시간과 할일 목록이 없는 시간을 누렸다. 주말마다 의무적으로 잡던 약속이나 모임도 과감히 패스했다. 그저 방전 상태인 나를 충전하려고 애썼다.

그러고 보면 텃밭의 작물들에게 필요했던 모든 것들이 내게도 필요했다. 때로는 시간이 필요했고, 때로는 온갖 관계에서 멀어진 오롯한 휴식이 필요했다. 과감한 가지치기처럼 덜어내기가 필요했던 순간도 있었다.

내가 주말마다 텃밭에서 돌보는 것은 제철 채소만이 아니다. 땅에 뿌리내린 작물들처럼 일상 속에 단단히 서 있을 수 있도록 스스로를 돌보고 있다. 나는 여전히 세상 속 '쪼렙'이라 수시로 배터리 잔량이 낮아지지만, 괜찮다. 나에게는 매주 돌아오는 주말과 도망가지 않을 텃밭이 있다.

내향형 인간의 시골 적응기

호젓한 시골살이를 꿈꾸며 시골집 리모델링 준비를 시작하던 어느 날, 인터넷 귀농·귀촌 카페에서 놀랄 만한 이야기들을 접하고야 말았다.

옆집 사람이 하루에도 몇 번씩 문을 벌컥 열고 들어온다든가, 마을에서 왕따를 당한다는 이야기, 마을 주민들이 집 공사를 반대해서 싸움이 났고 결국은 칼부림에 이르렀다는 이야기도 있었다. 심지어 이런저런 일들을 겪은 후 시골 생활을 포기하고 결국 다시 도시로 돌아왔다는 이야기까지 보였다. 정도의 차이는 있었지만 다들 입을 모아 시골살이가 쉽지 않다고 말하고 있었다. 왜 이런 이야기들은 항상 일을 저지르고 난 후에야 보이는 걸까. 후회해봐야 늦은, 이미 시골집 계약을 마친 시점이었다.

걱정으로 서울에서 여러 날을 보내다가 시골집에 들른 날이었다. 집 앞에 차를 세우고 내리는 순간, 여러 개의 시선이 일제히 나를 향했다. 마을에 못 보던 차가 들어섰기 때문일 것이다. 귀촌 카페에서 읽은 이야기가 생각났다. 이럴 땐 무조건 인사를 잘해야 한다고 했다.

"안녕하세요, 이 집 고쳐서 들어오는 사람이에요. 앞으로 잘 부탁드립니다."

카페의 이야기처럼 지나친 박대를 받으면 어떤 표정을 지어야 할까. 반대로 〈6시 내 고향〉 같은 환대를 받으면? 양쪽 다 고민이었다. 걱정과 달리 대답 없는 가벼운 눈인사만 돌아왔다. 나는 다시 꾸벅, 인사하고는 대문 안으로 들어섰다. 별로 관심이 없으신 것 같아 정말 다행이라고 생각하면서. 그 순간, 담장 너머로 넘어오는 시선들이 다시 느껴졌다. 마을의 모든 눈이 우리 집을 향하고 있는 걸까. 그날 나는 기분 탓이라고 생각했지만, 내 느낌은 틀리지 않았다. 얼마 지나지 않아 나는 마을의 '핫이슈'가 되었고, 공사를 시작한 우리 집은 마을의 '핫플'이 되었다.

마을 어르신들은 오며 가며 공사 중인 우리 집에 들르셨다. 우리 집에 어떤 사람이 살았었는지, 본인과의 관계는 어땠는지, 뒷뒷집과 옆옆집의 관계는 또 어떻게 되는지 등등을 한참 이야기하고 가시곤 했다. 나는 늘 비슷한 이야기를 새로운 버전으로 들어야 했다. 동시에 어르신들은 내 이야기도 궁금해하셨다. 왜 갑자기 시골에 왔는지, 서울에서는 무슨 일을 하는지, 결혼은 했는지, 안 했다면 왜 안 했는지, 이 마을은 어떻게 알고 찾아왔는지를 매번 같은 버전으로 답했다. 그만 듣고 그만 말하고 싶은 순간이 있었지만, 귀촌 카페에서 본 무서운 에피소드들이 현실이 될까 봐 내 안의 싹싹함을 총동원했고 대화가 끝나면 항상 진이 빠졌다.

가장 적응이 어려웠던 것은, 내가 마당에서 무언가를 하고 있으면 마을 어르신들이 불시에 어디선가 나타나서 꼭 한마디씩 하시는 것이었다. 한번은 무너진 돌담을 다시 쌓고 있었다.

마을 어르신 1 : 에이, 그렇게 하면 절대 안 돼. 여그다가 황토를 으깨갖구 해야지.

나 : 흙을요?

(마을 어르신 1이 떠난 후)

마을 어르신 2 : 큰났네, 큰나. 돌담 다 무너져!!! 이렇게 쌓아서 여기다 쎄멘을 부어야제. 이런 거 처음 해보제?

나 : 시멘트요?

(마을 어르신 2가 떠난 후)

마을 어르신 3 : 돌을 이렇게 뒤집어갖고 돌이 서로 교차되게. 어? 그래야 그 힘으로 서로 버티는 겨.

나 : 네….

내가 꿈꿨던 시골살이란 종일 혼자 담장을 이렇게도 쌓았다가 저렇게도 쌓았다가 할 수 있는 고요한 모습이었다. 다른 사람과의 관계가 아니라 나에게 집중하는 시간이 충분한 생활. 순간 마음이 답답해졌다. '그냥 서울집에 가고 싶다….'

서울집에서는 현관문을 닫고 집에 들어가면 이웃과 완전히 분리될 수 있다. 불행하게 주차 문제나 층간소음이 발생하지 않는 이상 앞집, 윗집, 아랫집에 누가 사는지 알고 살 일이 없다. 그런데 여기서는 온 마을이 나를 향해 말을 걸고 나 역시도 그래야 했다. 불편하고 힘든 마음으로 얼마간을 보냈다.

그리고 그 마음은 생각보다 원초적인 계기로 해소되었다. 시골집 공사가 한창이던 어느 날, 갑자기 화장실이 급해졌다. 보통은 시골집에 도착하기 전 휴게소에서 화장실을 다녀오고, 식사하러 식당에 갔을 때 해결하곤 했는데 그날따라 목이 말라 벌컥벌컥 마신 음료수가 문제였다. 나는 어쩔 수 없이 이웃집에 발을 들였다.

"계세요? 저… 옆집인데요. 화장실 한 번 쓸 수 있을까요?"
갑자기 들어와 화장실 이야기를 하는 것도 껄끄럽고, 최근 이 집 어르신 말씀을 듣는 둥 마는 둥 해서 마음이 영 불편했다.
"화장실? 이쪽. 저 문이여."
"저 근데… 흙이랑 먼지가 많이 묻어서요. 마당에 있는 푸세식 화장실 써도 되는데요."
"서울 아가씨가 푸세식 화장실을 어떻게 쓴다 그려. 흙 한 번 훔치면 되지. 신경쓰지 말고 편히 써. 대문이랑 열려 있으니까 사람 없어도 와서 쓰고."

그날 이후로 나의 방광도 다소 뻔뻔해졌는지 전보다 자주 인내심을 잃었고, 그때마다 나는 앞집, 옆집, 뒷집을 돌아가며 화장실을 해결했다. 그쯤부터 마을 어르신들은 화장실도 없는 내가 먹을 건 있겠냐며, 새참을 들고 우리 집을 오가기 시작하셨다. 그러고도 모자라 우리 집 공사를 맡아주신 시공업체 사장님을 당신 집으로 초대해 식사 대접을 하기도 하셨다(고 사장님께 전해 들었다).

이런 이야기도 들었다. 앞집 할머니는 60년 전에 이 마을로 시집온 후, 마을을 한 번도 떠난 적이 없다는 이야기였다. 예순 중반의 옆집 어르신은, 젊은 시절 잠시 마을을 떠나 서울살이를 하셨는데 몇 해 만에 다시 돌아오셨다고 했다. 마을 어르신 대부분이 이러했다.

나는 서울에서 지금 살고 있는 동네에 10년 가까이 살았다. 몇 년마다 이사를 하긴 했지만, 고작 횡단보도를 건너거나 한두 블록이 떨어진 곳으로의 이사였다. 토박이는 아니지만, 한동네에서 오래 살다 보니 눈에 익은 건물과 가게가 많다. 출퇴근길에 매일 지나는 오래된 식당도 그중 하나인데 얼마 전, 그 식당이 헐리고 공사가 진행되고 있었다. 나는 그 식당이 무엇으로 바뀔지 궁금해서 며칠 내내 그곳을 기웃거렸다. 만약 내게 조금의 넉살이 있었다면, "여기 뭐로 바뀌는 거예요?"라고 슬쩍 물어봤을 것이다.

10년을 산 동네의 오래된 가게가 바뀌다니, 길을 지날 때마다 나도 모르게 시선이 간다. 공사가 얼마나 진행됐나 싶어, 돌아가는 길인데도 일부러 그 식당이 있는 길로 간 적도 있다. 그런데 어르신들은 평생 산 마을, 그것도 마을 한가운데 위치한 집에 낯선 이가 든다니 그 신기함과 걱정이 오죽하실까. 내가 마을의 핫이슈가 되고, 우리 집 마당이 핫플이 되는 것도 무리가 아니다.
그렇지만 이해한다고 해서 낯설고 어색한 관계가 순식간에 편해질 리는 없다. 이 관계에는 다른 게 아니라 '시간'이 필요했다. 정겹게 색이 바랜 풍경화 속에 혼자만 새로 그려 넣어진 무언가처럼, 어색한 선명함이 사라질 시간 말이다. 나는 너무 멀지도, 가깝지도 않게 자연스러운 모습으로 그저 편히 있자고 다짐했다.

내가 이 마을에 들어오고 또 한 가구가 새롭게 마을에 정착했다. 조용하고 별일 없는 마을에 자주 없는 별일인 것이다. 그러지 말아야지, 말아야지 하면서도 나도 자꾸만 그 집 담장을 기웃거리게 된다.

봄이 준 일거리

봄이 오면 겨울 동안 묵혀두었던 집 보수를 시작한다. 대청마루 아래 깨진 시멘트도 단장하고, 주방 천장도 손본다. 처음 이 집을 리모델링할 때, 기능상 문제가 없는 곳들은 특별히 따로 손보지 않았다. 때문에 깨지고 못난 부분이 많다. 문제가 생길 때마다 조금씩 고친다. 게다가 수풀집은 나무와 흙이 주재료인 집이라 날씨에 따라 집이 수축하기도 팽창하기도 한다. 그래서 추운 겨울이 끝나고 봄이 오면 꼭 보수할 곳들이 생긴다.

목재 방충 작업

이곳에 살고 나서야 알게 된 사실이지만 목조주택은 벌레에 취약하다. 아무리 튼튼하게 지은 집이라도 나무를 파먹는 벌레의 공격 앞에선 속수무책이다. 그래서 벌레들이 부화하기 전인 이른 봄, 목재 방부·방충제를 바른다. 한 번 바른다고 효과가 지속되는 게 아니어서 봄마다 '올해도 벌레들이 조금만 공격하게 해주세요' 하는 마음으로 덧바른다.

작약

심은 적도 없는 작약이 앞마당에 활짝 피었다. 색도, 모양도, 향기도 봄
이 정성스레 준비한 선물 같다.

불두화

언젠가 마당이 생기면 꼭 심고 싶었던 불두화. 꽃잎의 모양이 곱슬곱슬한 부처의 머리처럼 생긴 데다 부처님 오신 날을 전후로 꽃이 만발해서 '불두화'라고 이름 붙여졌다. 꽃이 만발한 어느 날부터 나는 바람만 불면 꽃이 떨어질까 조마조마했다. 아껴 보고 또 보고 싶을 만큼 좋았다.

꽃집은 없지만

조팝나무 가지 몇 개를 화병에 꽂았다. 동네에 꽃집은 없어도 꽃이 끊이
지 않는다.

할머니가 좋아서

고속도로를 한참 달리는데 전화가 울린다. 차량 블루투스 모니
터에 '앞집 할머니'라는 글자가 뜬다. 동네에서 내가 최고로 좋
아하는 앞집 할머니 전화다.

"여보세요. 할머니이!"

"으이!"

할머니는 항상 '응' 대신 '으이!' 하고 기합을 넣듯 답하신다.

"아직 안 주무셨어요?"

힐끗 시계를 보니 11시가 넘었다.

"초저녁에 잠들었다가 잠깐 깼네. 지금 오는 중이여?"

"네. 40분 정도 더 걸릴 것 같아요."

무슨 일이 있으신가, 잠시 걱정이 스쳤다.

"큰질로 와. 앞히 공사 끝났은게. 뒤로 오지 말고 존 질로 오라고
(큰길로 와. 앞에 공사 끝났으니까. 뒤로 오지 말고 좋은 길로 오라고)."

"…."

마음이 찡해져 얼른 대답이 나오지 않았다.

몇 주 전 금요일 밤, 자정이 다 되어 마을에 도착했을 때의 일이
다. 반가움과 안도감으로 마을 입구를 지났는데, 갑자기 진입 금

지 표지판을 만났다. 우리 집까지 이어지는 길이 펜스로 둘러져 있었다. 다가가 보니 울퉁불퉁했던 마을길이 반듯하게 포장되어 있었다. 시멘트가 다 굳을 때까지 통행이 불가능해 보였다. 집이 지척에 보이는데 들어갈 수 없다니. 항상 다니던 길은 그 길뿐인데 어쩌지, 하며 잠시 길 위에 오도카니 서 있었다. 생각해보니 반대쪽으로 들어갈 수 있는 작은 길이 있긴 했다. 차 한 대면 꽉 차는 좁은 길이라 후진으로 느릿느릿 차를 뺐다. 그리고 마을을 빙 둘러 겨우 집에 도착했다. 이날 이야기를 앞집 할머니께 한 적이 있다. 할머니는 미리 전화해줄 것을 정신이 이렇게나 없다면서 속상해하셨는데 당시 나는 별스럽지 않게 넘긴 것이다.

그리고 오늘.
"건너다보니께 집에 아직 불이 안 켜졌잖여. 지금쯤 올 때가 되았다 싶어서 얼른 전화했지! 아이구, 지난번에는 내가 아주 정신을 놓고… 전화를 해줄 것을. 밤중에 얼매나 고생스러웠을까. 얼매나 맘이 안 좋았던지. 오늘은 존 질루 와, 잉?"
늦은 밤, 창가에 서서 우리 집을 건너다보셨을 할머니의 모습이 그려졌다. 할머니의 목소리가 너무 따수워서 찔끔 눈물이 났다.

따숩고 따수운 앞집 할머니는 나의 농사 선생님이기도 하다. 처음 텃밭을 가꾸기 시작했을 때는 무엇이든 인터넷에 검색해보려고 애썼다. 매일 농사일로 바쁜 어르신들께 또 농사를 여쭙는 게 죄송스러워서다. 문제는 파종 시기였다. 인터넷에 파종 시기를 검색하면 항상 중부지방과 남부지방을 구분해서 알려준다. 그런데 수풀집이 있는 금산은 두 지방이 접하는 곳이다. 행정구역은 충청남도지만 차를 타고 10여 분만 달리면 바로 전라북도가 나온다. 어느 지역의 파종 시기에 맞추면 좋을지 판단하기 어려웠다. 그래서 앞집 할머니께 여쭈어보니, 매년 다르지만 그 중간 즈음이 적당하다고 하셨다. 시골에 온 첫봄에는 그걸 모르고 어느 한쪽 지방에 맞춰 심어서 서리를 맞히거나 작물이 늦자라기 일쑤였다. 그 후로 나는 동네 어르신들, 특히 앞집 할머니께 의지하기 시작했다. 이곳에서 이 계절을 수십 번 지나온 사람이 갖는 감각은, 인터넷이 따라오지 못할 것이다. 우리 집 배추도, 무도, 고구마도 모두 할머니 손길을 거쳤다. "할머니, 저 고구마 심으려고 하는데요" 하고 쭈뼛거리면, 할머니는 어느새 우리 집 마당에서 허리를 굽히고 시범을 보이신다.

동시에 할머니는 나의 브런치 메이트다. 보통은 전날 밤에 전화로 약속을 잡는데, 제철에 수확한 작물로 만든 음식을 나눈다. 사실 나눈다기보다 할머니의 일방적인 베풂이라고 해야겠지만 말이다. 할머니와의 브런치는 절대 가볍게 끝나지 않는다. 메인을 기본 세 그릇은 먹어야 후식으로 넘어갈 수 있다. (내 그릇이 다 비워지기도 전에, 채울 준비를 하고 계시기 때문이다.) 프랑스 사람들처럼 길고 긴 브런치를 나누며 이야기꽃을 피운다. 할머니는 20대에 이 마을로 시집오셨고, 그 후로 60년이 넘게 이곳에서 살고 계신다. 슬하에 아홉 명의 자녀를 두셨다. 처음 내가 그 이야기를 듣고 "금슬이 좋으셨나 봐요" 하자 얼굴을 붉히시며 손사래를 치던 소녀 같은 할머니 얼굴이 떠오른다. 젊은 시절에는 인삼 장사를 하며 전국의 여러 곳을 다니셨는데, 내가 학창 시절을 보낸 강원도 춘천에도 자주 오셨다고 했다. 내가 살던 동네의 버스 노선까

지도 꿰고 계셔서 깜짝 놀랐다. 할머니가 젊었을 때, 그리고 내가
어렸을 때 우리가 어쩌면 마주치지 않았을까, 그런 이야기를 하
며 웃기도 했다.

문득 할머니의 이름이 궁금해졌다. '앞집 할머니' 말고 할머니의
진짜 이름. 주말 아침, 텃밭 옆에 앉아 차를 나누며 할머니께 여
쬤다.
"근데 할머니, 성함이 어떻게 되세요?"
"내 이름? 내 이름은 뭐 땀시 물어. 참, 부끄럽게…."
할머니는 찻잔으로 얼굴을 가리시며 수줍게 웃으셨다. 그리고
누가 들으면 안 되는 비밀이라도 되는 듯 속삭이신다.
"채순이여. 김채순."
그리고 덧붙이신다. 이제 이름 불릴 일이 별로 없노라고.

그날 나는 휴대폰에 할머니의 이름을 '앞집 할머니'에서 '김채순
여사님'으로 바꾸어 저장했다. 이제 할머니의 전화가 울릴 때마
다 할머니의 고운 이름을 볼 것이다.

고구마 심기

고구마 농사를 짓고 싶어서 무작정 주문한 고구마순이 택배로 도착했다. 이걸 어쩌나 하다가 나의 농사 선생님, 김채순 여사님께 SOS를 친다. 할머니의 특강 덕분에 두 고랑을 순식간에 심었다. 나는 뭐든지 척척인 할머니가 신기했는데, 할머니는 이런 거 찌끄마치(조그만큼)가 택배로 오는 게 신기하다고 하셨다.

텃밭 수확

텃밭이 생긴 후 밥상에 상추가 빠지는 일이 없다. 모든 음식을 상추쌈에 싸 먹고 있달까.

새참

시골살이를 하며 술이 늘었다. 정확히는 막걸리가 늘었다. 밭일하다 새참으로 먹는 막걸리를 따라올 술이 없다는 걸 알아버렸다!

나의 작은 소망은,

내가 책장을 팔락, 하고 소리 내어 넘기자 곤한 잠에 빠져 있던 소망이가 깜짝 놀라 나를 쳐다본다. 잠에서 막 튕겨져나온 얼얼한 표정으로. 나는 미안해서 괜히 소망이의 엉덩이를 토닥토닥한다. 소망이는 금세 다시 평안을 찾는다. 아무 일도 없었던 것마냥 끊겨버린 잠을 다시 잇는다. 소망이는 아주 작은 소리에도 쉽게 깜짝깜짝 놀라고, 또 순식간에 평온을 찾는다. 나는 고양이의 이런 점이 신기하고 귀엽다.

소망이는 얼마 전 만 세 살이 된 수컷 고양이다. 매번 열심히 그루밍을 하긴 하는데, 사실 그리 깔끔한 편은 아니다. 그래서 나는 소망이를 '털털한 고양이'라고 소개한다.

소망이를 처음 만난 건 2019년 가을이었다. 시골집을 계약하고 난 다음 달. 시골살이 사전 체험도 할 겸 시골에 사는 지인 집에 놀러갔다. 문을 열고 들어서자, 어디서 조그만 솜뭉치 같은 게 나를 향해 뽀르르 달려왔다. 얼마 전 오일장에 갔는데 술에 거나하게 취한 할아버지가 웬 아기 고양이를 팔고 있더란다. 5천 원만 주고 데려가라는 소리에 지인이 고민하다 데리고 왔다고 했다.

고양이는 내 청바지에 자기 발톱을 콱 박아넣고 클라이밍하듯 기어오르기 시작했다. 그리고 마침내 허벅지에 매달려서는 고롱고롱 기계음 같은 소리를 냈다. 나중에야 그게 '골골송'이라는 걸 알았다. 고양이가 기분이 좋을 때 내는 소리다. 나는 허벅지에 매미처럼 매달린 솜뭉치를 떼어내고 바닥에 앉았다. 고양이는 눈을 지그시 감더니 다시 기계 소리를 내며 잠들었다.

태평하게 잠든 고양이를 내려다보았다. 고양이라기보다는 쥐에 가까운 비주얼이 아닐까 생각했다. 손바닥만 한 체구에 겨우 귤하나 만한 머리통. 그 작은 데에 눈코입도 있고 쫑긋한 귀까지 있는 것도, 눈 위와 입 옆에 제 얼굴보다 긴 수염이 있는 것도 신기했다. 자는 얼굴이 귀엽긴 한데 잠에서 깨어나 날카로운 손톱으로 내 얼굴을 콱 할퀼까 무섭기도 했다. 소망이의 첫인상이었다.

그리고 그날, 소망이는 병원에서 피부병 진단을 받았다. 코와 입 주변에 거뭇거뭇한 딱지들이 붙어 있길래 병원에 데리고 갔더니 곰팡이성 피부병(링웜)에 걸렸다는 것이다. 매일 소독하고 연고를 발라야 하고, 일주일에 두세 번은 약용 샴푸로 목욕을 해야 낫는다고 했다. 그리고 병원 방문이 계속 필요하다고도 했다. 지인의 시골집 주변에는 동물병원이 없고, 고양이에게 매일 소독이나 약욕을 해줄 수 있는 여건도 아니었다. 고민 끝에 내가 잠시 소망이와 함께 지내기로 했다.

어릴 적 우리 집에는 강아지가 있었다. '짜몽이'라는 귀여운 이름도 붙여주고 가족처럼 일상을 함께했다. 그리고 얼마 뒤, 가족이라는 표현이 무색하게 짜몽이를 다른 집으로 보냈다. 짜몽이를 '더 잘 키워줄' 집이라는 말을 붙여서. 늘 나를 쫓던 짜몽이의 까만 눈동자는 지금도 잊을 수 없다. 그날 짜몽이는 내가 자신을 버린 것을 바로 알았을 것이다. 그리고 이제 와 돌이킬 수 없는 그 일은, 끝없는 미안함과 말할 수 없는 부끄러움으로 선명하게 남아 있다. 이후 나는 이 일을 입 밖에 낸 적 없고, 다시 반려동물과 함께 산다는 생각 또한 해본 적 없다. 할 수 없었다. 나는 한 생명을 책임지기엔 너무 미성숙하고 책임감이 부족했으니까.

그렇지만 소망이와 함께 지내기로 선뜻 결정할 수 있었던 건, 평생이 아니라 한두 달이었기 때문이다. 곰팡이성 피부병은 면역

력이 약한 어린 고양이들에게 쉽게 발병하는 병이고, 한두 달이면 깨끗하게 낫는다고 했다. 피부병이 나을 때까지 잠시 같이 사는 룸메이트가 되는 것 정도는 내가 할 수 있는 일이었다. 우리 집에는 작은 고양이에게 내어줄 여분의 공간이 있었으니까. 고양이는 다 나으면 다시 지인의 시골집으로 돌아갈 거니까. 그렇게 소망이가 우리 집에 왔다.

작은 고양이 한 마리를 돌보는 것은 생각보다 많은 시간과 에너지가 드는 일이었다. 피부병의 원인은 곰팡이균인데, 소망이가 접촉하는 물건을 통해 계속 옮겨다닐 가능성이 높았다. 사람에게도 옮길 수 있다고 했다. 나는 아침저녁으로 소망이 물건을 모두 소독하고, 패브릭류는 가능하면 자주 세탁했다. 이틀에 한 번은 병원에서 처방받은 샴푸로 목욕도 시켰다. 여유롭던 아침 시간은 사라졌고, 퇴근하면 곧장 집에 달려가는 날이 이어졌다. 야근이라도 하는 날엔 초조함에 엉덩이가 들썩거렸다.

그래도 퇴근은 전에 없이 좋았다. 내가 문밖에서 도어록 비밀번호를 "띠띠, 띠띠띠띠" 누르면 소망이는 항상 현관까지 마중을 나왔다. 잠에서 막 깬 부스스한 얼굴로 하루도 빼먹지 않고 나왔다. 몸을 앞으로 주욱 늘렸다가 다시 뒤로 주욱 늘리는 고양이 기지개를 켜면서, 마치 요가를 하듯이. 그러고 보니 요가 자세 이름 중 '고양이 자세'는 정말 고양이의 자세였구나.
잠이 오지 않는 어떤 밤에는 함께 넷플릭스를 봐주기도 하고, 기분이 별로인 어떤 밤에는 (항상 먼저 잠들어버리기는 했지만) 술친구도 되어주었다. 소망이는 꽤 좋은 룸메이트였다.

때때로 소망이가 우리 집에 계속 살면 어떨까 하는 생각을 했다. 그럴 때마다 짜몽이의 까만 눈동자가 스쳐지나갔다. 게다가 그때 나는 시골집을 막 계약한 상태였고, 조금 있으면 주말마다 서울과 금산 사이 편도 두 시간 반 거리를 이동해야 했다. 영역 동물인 고양이가 매주 차를 타고 이동할 수는 없었다. 게다가 소망이와 함께 지내며 알게 된 사실은 고양이가 소리에 무척 예민한 동물이라는 것이다. 작은 소리에도 움찔움찔 놀라는 고양이가 소음으로 가득한 차를 타고 매주 5도2촌을 할 수는 없는 노릇이다. 무엇보다 소망이의 원래 가족이 소망이를 기다리고 있었다.

몇 주가 지나자 소망이의 피부 상태가 많이 좋아졌다. 동전 모양으로 뭉텅뭉텅 털이 빠져 분홍색 속살이 다 보이던 곳에, 새 털이 빼곡히 나고 있었다. 소망이가 다시 돌아가야 할 때가 왔다.
소망이를 데려다주던 날, 나는 운전을 하고 가는 내내 엉엉 울었다. 뭔가가 속에서 터져나와 "끄윽끄윽" 울었고, 소망이는 그 소리에 덩달아 야옹거렸다. 그때 나는 소망이와 헤어지는 게 슬퍼서 눈물이 나는 거라고 생각했는데, 빈집에 혼자 돌아왔을 때 그 눈물의 다른 의미를 알고 말았다. 한편으론 소망이가 얼른 돌아갔으면 좋겠다는 생각을 했던 것이다. 나 말고 내가 돌봐야 하는 다른 생명이 있다는 무거운 책임감은, 내 마음을 계속 짓눌렀다. 나 때문에 잘못될까 봐, 더 아플까 봐, 무슨 일이 생길까 봐. 그러다 막상 소망이가 떠나는 날이 오니까 그게 미안하고 부끄러워서, 그리고 너무 다행스러워서, 또 홀가분해서 울음이 터졌던 것이다.

소망이가 떠난 후, 집에 돌아와 도어록을 누를 때마다 가슴이 먹먹했다. 그렇지만 동시에 내 몸 하나 추스르고 바로 침대에 누워도 되는 일상이 다시 시작된 것에 안도했다. 가끔 집 안 곳곳에 남아 있는 소망이의 흔적에 눈물을 찔끔거리기는 했지만 대체로 평온한 날들이었다.

얼마 후 소망이를 만나러 다시 지인의 집에 갔다. 소망이는 처음 만난 날처럼 쁘르르 내게 달려왔다. 반가운 마음에 소망이를 안아 올리자 귀와 손, 뒤통수, 등을 따라 피부병이 다시 잔뜩 번져 있는 것이 보였다. 소망이는 반갑다고 그릉그릉 소리를 내며 내 무릎에 올라와 잠을 청했다. 그 얼굴을 한참 들여다보다가, 소망이를 다시 우리 집으로 데려왔다.

나는 전보다 더 열심히 소독하고 약도 꼼꼼히 발라주었다. 약욕도 빼먹지 않았고, 곰팡이성 피부병에 좋다는 백신도 맞혔다. 염증이 생긴 곳은 털을 밀어주는 것이 좋다기에 미용 가위도 사고, 전용 이발기도 들였다. 그 후로 다시 넉 달이 넘도록 소망이의 피부병은 낫지 않았다. 그래도 소망이는 쑥쑥 자랐다.

어느 날 나는 지인에게 소망이와 계속 함께 살고 싶다는 의사를 전달했다. 더이상 분홍빛 속살이 보이지 않고, 빼곡히 새 털이 난지 이미 꽤 지난 어느 날이었다. 소망이는 나의 가장 친한 친구이자 가족이 되었다. 이제 와 내 멋대로 하는 생각이지만, 자기가 금방 다 나으면 내가 또다시 돌려보낼까 봐 그렇게 지독하게 오래 피부병을 앓았던 게 아닐까.

소망이는 매주 나와 함께 5도2촌을 한다. 내 깊고 오랜 걱정과 달리 소망이는 차를 타고 이동하는 일에 잘 적응해주었다. 차가 막혀 평소보다 시간이 더 걸리는 날에는 야옹거리며 불만을 표현하기는 하지만, 대체로 자기 자리에서 긴 잠을 잔다.

전에 1박 2일간 소망이를 두고 여행을 다녀온 적이 있다. 중간에 친구가 들러주긴 했지만 소망이는 무척 외로웠던 모양이다. 내가 도착하자 큰 소리로 울기 시작했다. 울음을 토해내듯이, 한참을 울며 나를 쫓아다녔다. 그날 이후로 우리는 서로가 조금 고생스럽더라도 함께 시골집을 오가기로 결정했다. 그럼에도 고양이가 가진 특성상 절대 쉽지 않은 일이라는 것을 알기에, 나는 늘 소망이에게 미안하다. 그리고 (상상하고 싶지 않지만) 언젠가 소망이가 아프다면, 나는 아마 그 이유를 5도2촌을 하게 한 나에게서 찾을 수밖에 없을 것이다.

시골집에서 맞는 토요일 아침, 가장 먼저 하는 일은 소망이 밥그릇을 살피는 일이다. 요즘은 뱃살이 아주 넉넉해진 소망이의 체중 조절을 위해 다이어트 사료를 섞어주고 있다. 소망이는 아주 기가 막히게 다이어트 사료만 골라서 남겨둔다. 신통방통이다. 다 먹지 않아도 자꾸 좋아하는 사료로 다시 채워주니까 꾀가 났나 보다. 나는 다 먹으면 새로 줄 거야, 하면서 밥그릇을 가리킨다. 내 말을 알아들었는지 마지못해 남은 다이어트 사료를 먹기 시작한다. 나는 사료를 까드득까드득 먹는 소망이 옆에 자리잡고 앉아서 통실통실한 엉덩이를 팡팡 두드린다. 소망이는 그릉그릉 소리를 내면서 마저 밥을 먹는다.

나는 소망이가 밥 먹는 소리를 좋아한다. 밥이랑 밥그릇이 부딪치는 소리, 오독오독 씹는 소리. 소망이는 마음이 편안해지면 밥을 먹고, 나는 그 소리를 들으면 마음이 편안해진다. 우리가 함께 할 수 있는 날들이 셀 수 없이 많지는 않겠지만, 가능하면 오래도록 이런 시간이 계속되었으면 좋겠다고 생각하는 아침이다.

포토존

동네 고양이들이 쉬어가는 뒷마당 화단. 일명 '꽃양이존'.

마당고양이

춥지도 덥지도 않은 계절. 앞뒤 마당에 엄폐할 작물이 한가득인 계절. 마당고양이들이 앞마당, 뒷마당을 가로지르며 신나게 뒹굴고 뛰논다. 덕분에 밭일하는 내 손도 덩달아 신이 난다. 부디 건강히, 수풀집의 모든 계절을 함께할 수 있기를.

수풀집에서 처음 맞은 계절은 봄이었다. 시골살이 초보인 나에게, 안 그래도 짧은 계절인 봄은 유난히 더 짧고 아쉽게 느껴졌다. 첫해 이후의 봄들도 별다르지 않다. 텃밭 가꾸기, 화단 꾸미기, 집 보수, 봄 산책, 마당 고양이 돌보기…. 해야 하는 일도, 하고 싶은 일도 많은데 매번 짧기만 해서 어쩔 수 없이 다음 봄을 기약하게 된다. 그때부터 나는 또 봄을 기다리는 마음이 된다.

2 　　　　　여름

6월에서 8월, 여름

여름은 눈부신 색들로 시작된다. 같은 빛깔인 줄 알았던 존재들이
빨갛게, 파랗게, 노랗게 저마다 꽃을 피우고 열매를 맺어 나를 놀라게
한다. 문 밖의 모든 것이 빠르게 자라나고 지나가서 한 번의 주말도
놓치기 아까운 계절이기도 하다. 그리고 그만큼 소란하고 변덕스럽기도
하다. 숨이 턱턱 막히는 무더위도, 예고 없이 내리는 장대비도,
순식간에 목덜미를 새카맣게 태워버리는 따가운 햇볕도, 처마 그늘
아래 종종 부는 선선한 바람도 모두 여름 안에 있다.
한차례 소나기가 지나간 뒤, 텃밭에서 불어오는 물기 어린 흙냄새가
나를 부른다.

마당 귀퉁이에서 키 작은 나무 하나를 발견했다.
나무가 자라기에 적당하지 않은 자리였다. 잘라버릴까
하다 혹시나 하여 몇 계절을 가만두고 보았다.
그리고 다시 돌아온 초여름의 어느 날. 여린 가지와
무성한 초록 잎 사이, 빨간 열매들이 조롱조롱 맺혔다.
작고 여린 나무는 앵두나무였다. 무심한 집주인은
물 한 번 주지 않았는데 계절 속에서 저 혼자 꿋꿋이
가지를 내고, 잎을 달고, 열매를 맺었다.
대견하고 장한 앵두나무.

입주를 환영합니다

Room No. 107

『금요일엔 시골집으로 퇴근합니다』

이 책을 선택한 여러분은 자기만의 방 주민이 되셨습니다. 일주일에 5일은 도시 직장인으로, 2일은 내내 푸른 아늑한 시골집에서 나다움을 온전히 충전하는 이야기와 그 풍경을 담고 있어요. 이 생활은 어떤 행복을 가져다주는지 그 방법과 이야기가 가득해요.

자기만의 방 소식이 더 궁금하다면?
📷 인스타그램 @_jabong
▶ 유튜브 [자기만의 방] 검색

5도 2촌?
: 5일은 도시
2일은 시골에
머무는 생활

번 소식지에는 이 책을 읽을 주민님들께 보내는 작가님의 편지가 들어 있어요. 자기만의 방은 각자의 `시골` `풍경` 등에 대한 기억을 들어보았답니다. 금요일엔 시골집으로 퇴근해 사계절을 느끼고 +평일 시의 나도 몰랐던 힘을 얻는 작가의 5도 2촌 라이프를 책을 통해 느껴보세요!

자방 주민여러분, 안녕하세요!
휴요일인 서골럼으로 퇴근하는 김미리입니다.
늘 자방 소식지를 받아보는 주민이였는데
오늘은 글솜이로 소석을 전하게 되었네요.
기뻐 마음으로 인사 드려요.

서울에 사는 직장인인 제가,
멀리 충청남도에 시골 폐가를 덜컥 사 버렸거든요.
이 책은 그로부터 시작 되었습니다.

책에는 서골럼 일상과 자연 이야기, 텃밭 이야기,
이웃들 이야기, 마당을 오가는 동물 친구들 이야기들이
담겨 있어요.
그리고 그 속에 제 마음도 슬쩍 터어 놓았습니다.

봄, 여름, 가을, 겨울 속
제가 겻을 찍고 사소한 행복의 순간들이
자방 주민분들께도 전해지기를 바라봅니다.

김미리 드림

평범한 에디터, 집에 드러눕다

금요일엔 침대로 퇴근합니다.

'평일엔 직장인
주말엔 시골 귀촌인'으로 사는
작가님을 보며 제가 꿈꾸던 삶의 실현을
들여다본 것 같았어요. 우와, 정말
이렇게 살 수 있구나, 하는 용기가 차올랐습니다.
그러고 보면 제가 꿈꾸는 저의 주말 모습 중 하나는
누워 있는 것 인데요. '에? 그게 쉽지 않아?'
하시는 분들도 있겠지만 이게 은근 어렵습니다.
약속을 잡지 않겠다는 ☆단호함☆ 과 시간을
함부로 낭비하겠다는 ☆사치스러움☆이 필요한
일이거든요. 평일엔 에디터로 열심히 살았으니
주말엔 와식생활자 로 살아보렵니다.
꿈은 ☆ 이루어진다!

에디터 령♡

제 인생의 첫 기억은 경상남도 하동군 하동읍에서 시작됩니다. 저는 초등학교 입학 전까지 섬진강 옆의 시골 마을에서 살았어요. 아침에 수탉이 우는 꼬끼오 깨고 (정말!!) 동네에 하나 있는 미술학원에 가려고 반쯤 엿 장수깡이나 되는 흥긋을 걸어다녔던 기억이 있어요. 미술학원 가는 길엔 논둑도 있고 시장도 있었는데, 어린 저는 그 논둑에 앉아 물에 머무는 소금쟁이들을 멍하니 바라보는 것을 좋아했어요. 여름엔 강에 뛰어들어 수영도 했고 동네 할머니들과 재첩도 잡곤 했죠 . 수영하고 나다 젖은 머리를 엄마가 수건으로 (하동특산품 재첩) 닦아주면 자판기에서 따뜻한 율무차를 뽑아 먹는 것이 제 인생에 초창기 행복의 한 컷 중 하나예요. 〈곰인인 시골집으로 퇴근합니다〉를 읽으며 저의 어린 시절 시골 생활이 문득문득 떠올랐어요. 행복의 순간, 기억들을 오늘의 나에게도 선사하는 작가님의 용기, 실행력에 몇 번이나 감탄했는지 몰라요. 특히 주기 2인 시골 생활을 하기 시작하며 평온의 나도, 심지어 원안일도 기대된다는 작가님의 이야기가 정말 애정적이었어요. 저도 우연의 행복의 순간들에만 머무르지 않고, 오늘 나의 행복을 만드는 일이 소홀하지 않겠다고요.

에디터 현,

어두컴컴한 시골길의 풍경이 지루해질 때마면
저 멀리 희미한 불빛너머 정겨운 시골집이
보이곤 했습니다

"할머니!" 하고 들어가면 "내 새끼!" 하면서
안아주시고는 맛있는 음식들을 내어주셨어요

새벽에 두부를 파시는 장사꾼의 종소리에 눈을
뜨면 따뜻한 두부전이 기다리던 그 시골집의 추억

이런 추억이 있기에 도시의 삶이 지치고 힘들때
아무런 걱정이 없던 정겨운 시골집으로 가고 싶은
마음이 간절 했습니다

도시의 삶과 시골의 삶을 모두 즐기고 있는
김마리 저자님의 삶을 슬쩍 들여다 보면서
할머니가 계시지 않은 시골집도 우리에게
안식처가 될 수 있는지 우리 같이 살펴볼까요?

'자기만의 방 마을'은 가상의 작은 마을입니다. :)

자방의 책을 선택한 여러분은 이 마을의 주민이 되었습니다.
마을에는 일곱 채의 주요 건물이 있습니다.
각 건물은 우리의 일상에 어떤 역할을 하느냐에 따라 나뉘는데요.

1관 생활관 나를 돌보는 라이프스타일을 제안합니다.

2관 여행관 오늘이 행복해지는 여행을 소개해요.

3관 취미예술관 아티스트처럼 즐길 수 있는 취미예술을 찾아봐요.

4관 심신수련관 몸과 마음을 돌보는 방법을 배웁니다.

5관 문학관 삶의 태도를 제안합니다.

6관 교양관 나의 성장을 돕는 지식과 지혜를 담습니다.

7관 일관 현명하게 일하고 균형 있게 살아가는 방법을 찾습니다.

이런 가상의 마을을 만든 이유는 아주 심플합니다.
비슷한 고민을 하고, 비슷한 것을 좋아하고 즐기고,
지향하는 삶의 태도가 같은 방향인 사람들을 위한 책.
그런 책을 통해 소통하고 싶었습니다.

주민 여러분!
우리 '출판사와 독자'라는 사이를 넘어
서로 호감을 갖고 믿을 수 있는, 의지하기도 하고 응원해주는,
상대가 좋아하는 일을 기꺼이 돕는 그런 사이가 되었으면 좋겠습니다.

앞으로도 친하게 지내요. 입주를 축하합니다. :)

여름 마을풍경

걷기의 발견

알람 없이 잠에서 깬 토요일 아침. 적당한 외출복으로 갈아입고, 읍내에서 산 목이 긴 양말을 꺼내 신는다. 포인트는 바짓단을 양말 속에 넣은 다음, 양말을 종아리까지 바짝 올려 신는 것. 이렇게 하지 않으면 산책길에 난 무성한 수풀에 다리가 긁히거나 벌레에 잔뜩 물려 고생한다. 가본 적 없는 관광지의 지도가 화려하게 그려진 손수건을 삼각형으로 접어 목에 두른다. 그냥 나섰다 간 목덜미가 새카맣게 타버리기 때문이다. 마지막으로 시골집에 하나뿐인 운동화를 챙겨 신으면, 잠에서 깬 지 10분 만에 산책 채비가 끝난다.

신기하게도 두 집 살림을 하며 오히려 세간살이가 줄었다. 최소한의 살림으로 일주일 중 이틀을 살다 보니, 꼭 필요한 것과 그렇지 않은 것들이 선명하게 구분되기 시작한 것이다. 가장 먼저 불필요한 것으로 분류된 건 엄청난 양의 옷과 신발, 그리고 가방이었다. 필요나 취향보다는 유행에 맞춰 사들이던 물건들. 수풀집엔 계절에 맞는 옷을 종류별로 한두 벌씩만 가져다두었다. 그것만으로 모자람이 없었다. 실은 충분했다. 자연스럽게 서울집의 수많은 물건도 하나둘 정리되어갔다.

대신 적어진 선택지에서 느끼는 자유. 정말 좋아하는 것만 공들여 돌볼 수 있는 여유가 생겼다. 집을 나서기 전, 현관 유리에 내 모습을 슬쩍 비춰본다. 오늘도 또 비슷한 차림이다. 멋지지는 않지만 몸과 마음이 편한 산책룩이다.

대문을 나서면 바로 양 갈래 길을 만난다. 왼쪽은 인적 드문 숲길, 오른쪽은 마을을 통과해 폭포로 향하는 길이다. 산책 코스는 둘 중 하나인 것 같지만 실은 수십, 수백 개에 가깝다. 계절 따라 날씨 따라 수풀의 색과 모양은 물론이고 물소리, 발에 닿는 땅의 느낌, 숲의 공기까지 매번 다르기 때문이다. 어느 쪽을 택해도 늘 새로운 산책 코스인 셈이다. 오늘은 오른쪽으로 걷기로 했다.

폭포로 향하는 등산로에 접어들자 초록이 와락 쏟아졌다. 얼마 전까지 여린 연둣빛이었던 나뭇잎이 짙은 초록빛으로 바뀌었다. 나뭇잎 부딪히는 소리, 새소리, 물소리만 들리는 평화로운 숲속에 내 발자국 소리가 너무 크다. 발소리를 낮추며 조용히 걷는다. 걸으며 무성한 나무 사이로 새어나온 햇살들이 바닥에 그려놓은 무늬를 살피고, 그늘진 곳에 돋아난 버섯들도 가만 들여다본다.

운동은 싫어하지만 걷기를 좋아해서 어디든 자주 걷는다. 시간 내에 걸어갈 수 있는 거리라면 무언갈 타기보다 걷기를 택하고, 좋아하는 사람들과는 자주 산책을 나선다. 여행지에서도 걸어야 비로소 그 도시와 가까워지는 듯한 기분이 든다. 주말마다 시골집에서 산책을 즐겨하게 된 것은 어떻게 보면 당연한 일이지만, 이곳에서의 산책은 여느 산책과 다른 점이 있다. 목적지와 시간의 제한이 없다는 것. '어디까지만 갔다가 돌아와야지', '몇 시까지는 돌아와야지'가 없는 산책이다.

폭포 주변의 작은 흙길은 특히 좋아하는 길이다. 길을 따라 내 키만 한 풀이 우거져 있는데, 이 길을 지날 때면 시골에 살았던 일고여덟 살 즈음 생각이 난다. 풀숲을 헤치며 엄청난 모험가가 된 것처럼 굴기도 하고, 솔방울이나 밤송이 같은 걸 모아두고 대단한 발견자가 된 척하기도 했다. 길에서 만나는 모든 것들이 새롭고 신나던 날. 흙길을 지나며 다시 어린 날의 마음이 되어 걷는다.

돌아오는 길에 만난 큰 나무 아래에 보랏빛 열매가 잔뜩 떨어져 있었다. 뽕나무 열매, 오디였다. 몇 개를 주워 입바람을 대충 후후 불어 입에 쏙 넣었다. 죄책감이 들지 않는 단맛이 입안에 퍼졌다. 우리 집에도 과실이 열리는 나무가 있으면 좋겠다고 생각하며 집으로 천천히, 느린 산책을 이어간다.

담을 넘는 호박들

옆집 밭과 우리 집 밭 사이에는 야트막한 돌담이 있다. 그런데 작년 어느 날부터 옆집 호박 넝쿨이 돌담을 타고 우리 집으로 넘어오기 시작했다. 호박 넝쿨은 스멀스멀 담장을 넘더니 결국 우리 집 마당 한편을 차지하고 말았다.

"저기, 어르신⋯ 호박 넝쿨이 저희 집으로 넘어와서요."
"근디?"
"거기서 호박이 열렸는데요."
"그래서?"
"따서 드릴까요?"
"그짝 집으로 넘어갔으면 그짝 집 호박이지!"

옆집 어르신은 당연하다는 듯 말씀하셨고 나는 조금 창피해졌다. 옆집에서 넘어온 호박 넝쿨손이 열심히 가꾸고 있던 우리 집 장미 꽃대를 휘감거나 키 작은 꽃들을 짓누를 때면, 꽤나 싫은 마음이 들었기 때문이다. '옆집 밭까지 넝쿨이 뻗치면 정리하셔야지, 왜 마냥 두시지?' 하는 생각도 여러 번 했던 것 같다.

3년 차 시골 사람이 되어 돌이켜보니, 그건 호박의 특성과 시골 살이를 몰라서 먹었던 못난 마음이다. 호박은 반나절만 두어도 어디든 타고 올라간다. 뿌리가 있는 집에서 넝쿨을 거두어주는 작업이 필요하지만, 호박이 담을 넘는 게 싫다면 우리 밭에서도 호박 넝쿨을 정리해주어야 했다. 그리고 시골에는 네 것, 내 것으로 명확하게 소유권을 나눌 수 없는 것도 있다. 넓은 곳에 걸쳐서 잘 자라는 호박을 서로의 담장에 기대어 키우고 우리 집에 열리면 우리 집 호박, 옆집에 열리면 옆집 호박으로 치는 신기한 셈법이 존재하는 것이다. (옆집 어르신은 그 후로도 우리 집 쪽으로 열린 호박은 꼭 "그짝 집 호박"이라고 부르셨다.)

그날 이후, 정말 끝도 없이 호박을 먹었다. 호박찌개, 호박전, 호박볶음, 호박잎 쌈밥…. 호박으로 할 수 있는 요리가 이렇게나 많다는 걸 처음 알았다. 그런데도 먹는 속도가 열리는 속도를 따라가지 못해 호박고지를 만들어 겨우내 먹기도 했다.

그리고 올해 초여름. 우리 집 텃밭에 심지도 않은 호박이 자라기 시작했다. 나는 옆집 어르신께 잔뜩 으스댔다. 올해는 내가 호박을 키워 넝쿨을 넘겨드릴 테니 이제 따 드시기만 하면 된다며 호박 허세를 부려보았다. 그런데 웬일인지 호박 넝쿨이 비실비실하고 있다. 엄지손가락만 하게 호박이 열렸다가도 그 다음주에 보면 말라서 뚝 떨어져버리는 것이다. 나는 혹시나 하는 마음으로, 옆집 텃밭을 힐끔거렸다.

다행이다.
올해도 옆집 호박 넝쿨이 슬금슬금 우리 집 담장을 넘을 준비를 하고 있다.

초록 텃밭

여름의 텃밭은 무엇이든 빨리 키워낸다. 심지어 잡초와 벌레까지도 말이다. 잡초는 온 밭으로 퍼지기 전에 재빨리 뽑고, 벌레들은 작물을 점령하기 전에 적절히 퇴치해주어야 한다. 빽빽하게 자라는 작물들은 때맞

쳐 솎아주어야 한다. 아깝다고 그대로 두면 농사를 망치기 쉽다. 저들끼리 경쟁하느라 양분을 제대로 공급받지 못하는 데다 자랄 공간도 부족하기 때문이다. 다 자란 작물은 먹지 않더라도 수확해야 무르거나 썩지 않고 다음 열매도 수확할 수 있다. 그래서 나는 월요일마다 가방에 상추, 호박, 고추를 담고 회사로 향한다. 생산자 김미리의 채소 나눔이다.

여름 텃밭은 뭐랄까. 무한 리필 채소 가게 같달까.

풀과의 사투

여름 내내 풀과의 사투다. 뽑고 돌아서면 또 있고, 뽑고 돌아서면 또 자라나 있다. 완전히 사라졌다 싶으면 다른 종류의 잡초가 '이달의 잡초'마냥 등장한다. 풀과 전쟁을 치를 때, 흐리거나 비가 내리면 오히려 좋다. 무더위도 피할 수 있는 데다 흙이 성글어서 잡초도 쏙쏙 잘 뽑힌다.

갑자기 담장이 무너졌다

며칠 휴가를 내고 수풀집에 왔다. 친구들도 일정을 맞추어 함께 모였다. 친구들이 온다는 건, 항상 일손이 모자라는 시골집에 일손이 생긴다는 소식이기도 하다. 묵혀두었던 일들을 해결할, 흔치 않은 기회다. 친구들의 도착 일정에 맞춰 할 일들을 잔뜩 뽑아놨다. 현관 바닥 보수, 주방 천장 보강, 잡초 뽑기, 화단 정리…. 그런데 때맞춰 비가 억수같이 내린다. 예보를 보니 이번 주 내내 비 소식이 있다. 장마가 시작된 것이다.

"일하지 말라는 하늘의 계시라고 본다."
"방금 들었어? 천둥도 친다. 금방 그칠 비가 아니라니까."

친구들이 말했다. 우리는 어느새 전을 부치고 막걸리를 꺼내와 식탁에 둘러앉았다. 지붕을 두드리는 빗소리를 들으며 마시는 막걸리는 세상 달았다. 비 오는 여름날의 낮술. 여름휴가에 딱 어울리는 순간이었다.

"근데 말이야… 왜 우리 집에서 밖이 보이지?"
"무슨 소리야."

"저기 말이야."

분명 나는 주방 식탁에 앉아 있는데, 담장 너머의 마을길과 옆집 텃밭이 훤히 보이는 것이다. 몇 초간의 버퍼링을 마치자 그제야 상황 파악이 되었다. 방금 우리가 들었던 소리는 천둥이 아니라 담장이 무너지는 소리였던 것이다. 부랴부랴 마당으로 뛰어나갔다. 돌과 흙으로 쌓아올린 담장의 반 이상이 무너져 휑하니 뚫려 있었다. 이럴 수가.

어느새 우산을 받쳐 쓴 마을 회장님도 곁에 와 계셨다. 아마 나와 친구들이 당황해서 우왕좌왕하는 소리와 뱀을 보고 꺅꺅거리는 소릴 듣고 나오셨을 것이다.

"아이~ 이게 무슨 일이래."

"그러니까요. 갑자기 무너졌어요."

여태껏 멀쩡하던 담이 왜 하필 지금 무너졌을까 짜증이 일던 와중이었다.

"용케 지금까지 버텼네."

듣고 보니 그랬다. 이런 상태의 담장이라면 언제 무너져도 무너졌을 텐데 용케도 잘 버텨주었다. 그리고 내가 있어 해결이 가능한 날, 샛길에 지나가는 사람이 없는 다행스러운 타이밍에 무너졌다. 마을 회장님 말씀 덕분인지 아니면 갑자기 막걸리의 취기가 올라와서인지 모르겠지만 '왜 하필'이 '다행스럽게도'로 바뀌는 순간이었다.

충격이 가시자 나와 친구들은 외발 수레를 빌려 집 밖으로 쏟아져나간 돌들을 실어오기로 했다. 외발 수레 운전이 영 어설퍼서 몇 번이나 수레가 엎어졌다. 그 바람에 기껏 수레에 실은 돌들이 또 와르르 쏟아졌다. 빗속에서 돌을 쏟고 다시 싣기를 몇 번이나 반복했는지 모른다. 흙과 돌들을 정리하고, 돌담이 있던 자리엔 방부목으로 펜스를 만들어 둘렀다. 바로 전문가를 부르고 싶었지만, 장마철인 데다 주말 직전이어서 당장 시공이 가능한 곳이 없었다. 어찌저찌 작업을 마치고 보니 다들 빗물과 진흙에 완전히 절어 있었다. 아까 전까지만 해도 뽀송하게 집 안에서 막걸리잔을 기울이다 갑자기 이게 무슨 일인가 싶어 나는 웃음이 터졌다. 그런 나를 보고 친구들도 웃음이 터져, 우리는 빗속에서 한참을 웃었다.

비 오는 날의 '낮술판'이 아니라 비 오는 날의 '공사판'으로 바뀌어버린 어느 여름날.

여름 냇가에서 다슬기 잡기

가만 서 있기만 해도 땀이 뻘뻘 흐르는 여름날. 반찬 통을 들고 비장하게 집 앞 냇가로 향한다. 무더위도 식힐 겸 다슬기를 잡으러 나서는 것이다. 물살로 자꾸만 흐려지는 물속을 초집중해서 들여다보면 어느 순간 돌 위에 딱 달라붙은 다슬기가 짠! 하고 보인다.

양파 수확

작년 가을에 심은 양파. 긴 겨울의 매서운 추위를 견디고 봄을 지나 겹겹
이 단단한 양파가 되었다. 간밤에 내린 비에 줄기가 모두 꺾이고 쓰러졌
길래 놀란 초보 농부는 얼른 수확했다. 그런데 옆집 어르신이 오셔서 보
시고는, "거 벌써 뽑았어? 꼬다리가 빼싹 마르면 그때 뽑는 거신디. 앞
으로는 물어보고 햐" 하신다.

"여기, 사람 있어요"

토요일 밤, 침대에 누웠는데 전화가 왔다. 햇감자를 캤으니 몇 개 가져다 먹으라는 앞집 할머니, 김채순 여사님이다. 내일 일찍 갈 게요, 하고 전화를 끊었다. 그리고는 잊었다. 다음 날 느지막이 일어나 커피도 한잔하고 여유로운 오전을 한참 보낸 후에야 번뜩 생각났다. 쏜살같이 할머니 집으로 향했다. '설마' 기다리실까 하면서도, '혹시' 하는 마음이 들어서.

할머니 집 대문은 얼른 들어오란 듯이 활짝 열려 있었다. 시골에서 대문을 열어둔다는 것은 '여기 사람 있소'라는 의미이자 '출입 허가'를 뜻한다. 마당은 넓은데 초인종이 없어서 자연스럽게 생긴 문화일까. 처음 시골살이를 시작했을 때, 나는 이 문화가 낯설어서 그런지 영 불편했다. 그래서 대문이 열린 집에 들어갈 때도 매번 "계세요?"를 목청껏 외쳤다.

내가 남의 집에 들어가는 경우도 편치 않았지만, 누군가 우리 집에 들어오는 건 더 불편했다. 나는 도어록과 현관 비밀번호가 익숙한 사람이다. 또 대문을 열어둔다고 '마음껏 들어오세요'라는 의미는 아니기에, 우리 집 마당이나 텃밭에서 예고 없이 찾아온 이웃을 만나는 게 유쾌하지만은 않았다. 당황스럽기도 하고 자꾸 신경이 쓰였다. 처음 몇 번 누군가 불쑥 찾아오는 일을 겪고 나니 점점 대문을 닫아두는 날이 많아졌다. 대문을 나서지 않아도 너른 마당이 있으니 답답하지 않았다.

하루는 외출하려고 나서는데 옆집 어르신이 부리나케 달려오셨다. "아이, 대문 열리기만 기다렸네" 하시며 반찬거리를 품에 안기신다. 그러고 보니 며칠 전엔 대문 앞에 옥수수가 몇 개 놓여 있었고, 또 한날은 담장 틈에 가지가 끼워져 있었다. 마을에 마트나 슈퍼가 없다 보니 전에 몇 번 이웃집으로 채소를 조금 얻으러 간 적 있다. 그게 생각나서 오셨다가 대문이 잠겨 있어 그냥 두고 가신 모양이다. 가끔 저 필요할 때만 열리는 우리 집 문 앞에.

활짝 열린 대문을 지나 부랴부랴 할머니 집에 들어섰다. 아침보다는 점심에 더 가까운 시간이다. '혹시'는 '역시'였다. 할머니는 감자를 한 냄비 가득 찌고, 큰 접시에 토마토까지 잔뜩 잘라놓고 나를 기다리고 계셨다. 같이 먹으려고 일찍부터 기다리셨다고. 죄송한 마음에 실없는 소리를 하며 감자를 집어 들었다. 분이 잘 난 하지감자는 포슬포슬 달고 짭짤했다.

할머니표 네버엔딩 감자(요술처럼 냄비에서 끊임없이 감자가 나왔다!)를 잔뜩 먹고 집에 돌아오는 길에 동네를 휘 둘러보았다. 열린 문 사이로 집집마다 사람 소리, 살림하는 소리가 새어나온다. 사람이 살지 않아 비어 있는 집을 빼고는 문 닫힌 집이 없다. 누가 봐도 새로 칠한 티가 나는 진초록색 대문, 우리 집만 빼고.

집에 들어오는 길, 돌 하나를 문틈에 괴어 우리 집 대문을 활짝 열어두었다. "저도 여기에 살고 있어요" 하고.

감자 수확

봄에 심은 감자는 6월 하순에 수확한다. 보통 1년 중 날이 가장 길다는 절기인 '하지' 전후로 수확해서 '하지감자'라고 부른다. 풍작을 위해서는 적당한 깊이와 간격이 가장 중요한데, 가장 어려운 것도 그것이다. '적당히'가 정확히 얼마큼인지 아직 나는 잘 모르기 때문이다. 농사에서도 삶에서도 아직 '적당히'가 어렵지만, 올해 감자 농사는 운 좋게도 대성공이다. 흙 속에서 커다란 감자가 하나씩 나올 때마다 나는 1수확 1탄성을 연발했다. 초보 농부도 차별하지 않는 너그러운 텃밭에게 고마울 따름이다.

찰나의 행복

행복이란 뭘까. 잘 모르겠다. 확실한 건 나는 늘 행복하고 싶다는 거다. 그런데 행복이 뭔지도 모르면서 내가 행복한지는 어떻게 알 수 있을까. 고수를 처음 먹어보기 전에는 그 향과 맛을 몰랐던 것처럼 마침내 행복해져야 행복의 느낌을 알 수 있는 걸까. 그렇다면 마침내 '어? 나 행복하네?' 하고 알게 된 이후에는 어떻게 되는 걸까. 행복한 상태가 계속 유지되는 걸까. 아니면 다시 행복하지 않은 상태로 돌아가 행복을 처음부터 길어 올려야 하는 걸까. 불행을 감지해내는 안테나는 늘 명확한데, 행복은 너무 아리송하다. 어떤 때에는 '조금 행복한 것 같은데?'라고 생각하기도 한다. 그럴 때마다 나는 스스로에게 묻게 된다. 행복의 정확한 느낌이 무엇이지?

열 살 때였나. 엄마는 나를 안아 무릎에 앉히고 말했다. "우리 미리, 엄마가 참 사랑해." 그러고는 이마에 흐트러져 있던 내 잔머리를 살살 쓸어넘겨주었다. 그때 그곳이 집이었는지 아니었는지, 여름이었는지 겨울이었는지는 기억나지 않는다. 반대로 정확히 기억나는 건 이런 것들이다. 그 말을 하던 엄마의 표정, 엄마 냄새, 엄마가 입었던 치마의 무늬. 그리고 나의 속마음.

사랑한다는 말은 엄마와 나 사이에 전에 없던 표현이라 나는 어떤 표정을 지어야 할지 몰랐다. 쑥스러운 마음에 고개를 떨구고 겹쳐진 엄마 다리와 내 다리를 쳐다보고 있었다. 엄마가 무릎을 까딱일 때마다 마음이 일렁였고, 행복하다고 생각했다. 행복한 순간이라고.

서른 중반이 되어도 헷갈리는 행복의 감각을, 열 살의 나는 알고 있었나 보다. 그 순간으로부터 이십여 년이 넘는 시간이 흘렀고, 엄마와 나는 마냥 행복이라고 부르긴 어렵고 복잡한 시간을 지나왔다. 그렇지만 그날 그 장면을 되돌려 볼 때마다 나는 여전히 행복하다. 행복이라는 건 원래 순간을 부르는 말인지도 모른다.

"시골에 살고 가장 행복했던 때는 언제인가요?"
"시골살이를 하니까 (더) 행복하세요?"

수풀집에 살고부터 이런 종류의 질문을 종종 받는다. 첫 번째 질문에는 때마다 다른 대답을 한다. 항상 새로운 순간이 추가되고, '가장'이라 부를 만한 순간도 바뀌기 때문이다. 두 번째 질문에는 "행복해질 수 있는 상태에 '더' 많이 노출되고 있는 것은 맞다"고 답한다. 그리고 그 순간을 행복이라고 이름 붙여 간직하기 위해 나 또한 '더' 노력한다.

- 마당 귀퉁이에 자라던 정체 모를 나무가 1년 동안 저 혼자 꿋꿋이 자라서 조롱조롱 새빨간 앵두를 맺었을 때.
- 무더운 여름, 입은 옷 그대로 냇가로 뛰어나가 물장구치며 다슬기를

잡을 때.

- 흙냄새가 가득한 텃밭에서 호미질을 하는데 동네 고양이들이 야옹거리며 달려올 때.
- 늦은 밤 수풀집을 향해 달려가는데, 앞집 할머니가 조심해서 큰길로 오라고 전화하셨을 때.
- 작은 씨앗이었던 무가 땅을 박차고 나와 하얗고 널찍한 이마를 내밀 때.
- 추운 겨울, 난롯가에 앉아 차가운 맥주를 마실 때.
- 아무도 밟지 않은 깨끗한 눈을 마주할 때.
- 금요일 밤, 설레며 수풀집으로 향할 때.
- 일요일 밤, 24시간 편의점과 배달 음식이 있는 서울집으로 다시 떠나올 때.

이럴 때마다 나는 행복을 감지한다.

이 순간들을 놓치지 않고 열심히 포착해서 모아두기로 했다. 행복은 열심히 레이더를 세우지 않으면 눈치채지 못할 정도로 모호하게 다가와서, 잠깐 머물다 가버리니까. 그리고 생각했다. 이런 찰나의 '순간'들이 모여, 행복하다 느끼는 '인생'이 되는 게 아닐까. 그리하여 종종 꺼내어보기로 한다. 내가 캡처한 행복의 순간들을.

가을 농사를 위한 모종 쇼핑

예전에는 계절이 바뀌기 전, 새로운 계절에 맞춰 옷 쇼핑을 했던 것 같은데 이제는 옷 대신 모종 쇼핑을 한다. 여름의 끝자락, 읍내 종묘사에서 배추 모종, 그리고 무와 갓의 씨앗을 샀다.

배추와 무 심기

읍내에서 사온 배추 모종을 심었다. 여린 잎 몇 장의 모종이, 과연 속이
꽉 찬 배추로 클 수 있을까 의심하고 걱정하면서.

주방이 물바다가 되었다

충청남도 금산. 서울에서 200km 거리의 나의 시골집에는 엄청난 비가 내리는 중이었다.

"충청권 시간당 100mm 물 폭탄"
"금산, 호우주의보 → 호우경보 격상"

날씨 앱은 성실하게 시골집의 상황을 업데이트 중인 반면, 평일의 나는 강남 한복판의 사무실에서 날씨 뉴스를 새로고침 하는 것밖에 할 (수 있는) 게 없었다. 초조한 마음에 시골집에 설치해둔 CCTV 앱을 다시 열어봤지만, 여전히 먹통이었다. 여태 잘만 되던 게, 하필 이럴 때.

옆집 어르신들께 전화를 걸었다. 몇 번의 시도 끝에 연결된 전화 속 목소리들이 모두 분주했다. 마을 앞 하천이 범람해서 저지대가 잠겼다고 했다. 마을로 들어가는 삼거리는 통제 중이라 들고 날 수도 없는 상황이라고. 앞집 할머니는 높은 곳에 있는 다른 집으로 대피 준비를 하다 내 전화를 받으셨다.
"아이고, 근데 이 장독들을 어떻게 해야 할란가."

할머니는 다른 것보다 당신이 직접 담근 장이 가득 담긴 장독들이 눈에 밟힌다고 하셨다.

휴가를 내고 시골집에 가야 할까 생각했다. 그렇지만 통제된 삼거리를 이제는 지날 수 있는지, 혹시 다른 도로도 물에 잠겼는지 알 도리가 없었다. 괜히 비 오는 도로 위에서 오도 가도 못하게 될지도 모르는 일이다. 무엇보다, 내가 간다고 쏟아붓는 비가 그칠 리도 없었다. 그래, 뭐 설마 집까지 떠내려가기야 하겠어?

그리고 금요일 밤. 드디어 시골집에 도착했다. 평화로운 마당 풍경이 나를 맞아주었다. 다행히 별일은 없었구나, 가슴을 쓸어내리며 현관문을 열고 들어섰는데 그곳에 진짜배기가 나를 기다리고 있었다. 주방이 물바다가 된 것이다. 그것도 흙탕물 바다!

너무 황당해서일까. 순간 웃음이 픽 터졌다. 이게 무슨 일인가 싶었다. 그 와중에 소망이는 얼른 자기부터 내려달라며 울기 시작했다. 한쪽 방에 소망이를 내려주고 상황 파악을 하는 잠깐 사이 어느새 주방으로 달려온 소망이가 흙탕물 속을 깡총깡총 뛰어다닌다. 으악. 내가 상상한 시골살이는 영화 〈리틀 포레스트〉였는데 갑자기 〈기생충〉의 한 장면처럼 흙탕물을 퍼내야 했다.

사건의 전말은 이러했다. 짧은 시간에 너무 많은 비가 내려서 집 주변으로 모여든 빗물이 제대로 배수되지 못했다. 나중에 먹통이 되었던 CCTV를 살려서 돌려보고 안 사실이지만, 뒷마당 수돗가가 한참 동안 물속에 잠겨 있었다. 원래는 그 물들이 수돗가의 배관을 통과해 마을 우수관으로 흘러나가야 한다. 그런데 소

화할 수 없을 정도로 여기저기서 물이 쏟아지니까 순식간에 물길이 막혀버렸고, 그 물들이 다시 배관을 타고 우리 집 주방으로 역류하고 만 것이다.

다음 날 언제 그랬냐는 듯 날이 개었다. 아침 일찍 앞집 할머니 집에 건너가보았다. 할머니 집 마당에는 물에 젖은 온갖 살림살이가 줄지어 나와 있었다. "그 집은 어뗘!" 할머니가 우리 집 안부를 묻는다. 나는 새벽까지 흙탕물을 퍼내느라 죽을 뻔했다며 앓는 소리를 늘어놓았다. 할머니는 이 마을로 시집온 지 60년이 넘었는데, 이런 비는 그간 몇 번 없었다고 하셨다. 기억하기로 최근 20년 만에 처음인 것 같다고. 나는 왜 하필 내가 살러 온 첫해에 이러는지 모르겠다며 투덜거렸다. 할머니는, "이 비를 겪었으니 앞으로는 다 웬간할 겨" 하신다.

할머니 말이 맞았다. 그 후로 나는 정말 웬간하게, 살고 있다. 마음의 잔근육이 생겼달까. 예측할 수 없는 일들을 자꾸 겪다 보면 앞으로 올 일들은 더 쉽게 예측할 수 있게 될 줄 알았는데, 안타깝게도 그렇지는 않다. 대신 쪼오끔 더 단단한 마음으로 그 갑작스러움이 지나가기를 기다릴 수 있다.

아, 그리고 할머니의 장독들은 빠짐없이 무사했다.

여름에 맺히며, 여름을 맺으며

작년 봄, 쓰러져가던 시골집이 공사를 마치고 정다운 나의 집이 되었다. 하지만 공사가 끝난 후에도 안팎으로 손볼 곳이 자꾸 생겼다. 고치고 또 고치며 몇 번의 주말을 보내고 나니, 금세 초여름이 되어 있었다. 나는 계절을 놓칠세라 마당 가꾸기에 돌입했다.

마당이 생기면 제일 하고 싶었던 일은 나무 심기였다. 내가 심은 나무가 수십 년 동안 땅에 깊이 뿌리내리고 단단히 자라날 걸 상상하면 마음이 일렁일렁했다. 내가 죽어도 내가 심은 나무는 그 자리에 있겠지, 하는 생각과 함께.

대자연에 남기고 갈 나무 한 그루를 만나기 위해 근처 묘목농원에 갔다. 묘목농원은 처음이어서 신기했는데, 신기하면서도 꽤 익숙한 기분이 들었다. 생각해보니 쇼핑몰과 비슷했다. 쇼윈도와 행거에 진열된 옷가지처럼, 여러 동의 비닐하우스와 노지에 온갖 묘목들이 들어차 있다. 새로운 종류의 쇼핑 천국이었다. 익숙한 나무 종류도 있고 생전 처음 보는, 이름을 아무리 들어도 외우지 못할 나무도 있었다. X나무와 Y나무를 접목해서 탄생했다는 최신상 Z나무도 있었는데 (X, Y, Z나무 이름이 하나도 기억나질 않는다.) 수많은 나무를 구경하고서는 결국 '대추나무'를 골랐다.

나무를 차에 싣고 집으로 돌아왔다. 집에 와서 보니 나무가 너무 가늘었다. 사장님은 '사과대추나무'라고 하셨는데, 내가 보기엔 나무 막대기에 가까웠다. 배운 대로 뒷마당에 단단히 심었는데, 심고 다시 봐도 흙 위에 꽂힌 마른 막대기 같았다. 말라 죽은 나무를 잘못 사온 게 아닌가 하는 생각을 몇 주 동안이나 했다.

걱정과 달리, 막대기는 여름을 지내며 바로 잎과 가지를 내기 시작했다. 삐쩍 말랐던 막대기에 갑자기 가지가 생기고 잎이 하나 둘 달리니 신기했다. 나는 자랑하고픈 마음을 참지 못하고 (수십 년 된 감나무와 호두나무가 마당에 흔하게 있는) 동네 어르신들을 모시고 와서 나의 1년 차 대추나무를 당당히 소개하기도 했다.

"할머니, 대추는 몇 월에 열려요?"

"올해는 대추 안 열려. 내년이나 돼야 열리지."

대추는 심은 첫해에는 열리지 않고 그다음 해가 되어야 열매를 맺는다고 했다. 신기하고 아쉬웠다. 나무도 적응의 시간이 필요한 것일까.

그리고 올해. 이제 여름도 끝이구나 싶던 지난 주말, 대추나무에 조롱조롱 맺힌 열매를 발견했다. '언제 열렸지, 왜 몰랐지!' 한껏 들떠 호들갑을 떨었다. 어느 날 아무렇지 않게 톡 하고 내어놓은 것처럼 보이는 열매들이지만, 변화무쌍한 계절과 일기를 자기 안으로 쌓아온 여러 날이 있었다. 이제는 그걸 알기에, 대추나무가 더 장하고 기특했는지 모른다.

마당에 앉아 대추나무를 한참 쳐다보았다. 잎과 열매가 바람 따라 흔들리며 반짝이는 모습이 청량함 그 자체였다. 볕은 아직 뜨겁지만 바람에 가을이 조금 섞여 있다고 생각했다. 이러다 금방 겨울도 오겠지.

겨울이 되면 나무는 지금의 청량함을 잃고 다시 앙상해질 것이다. 그렇다고 이 나무를 막대기라 생각하는 일은 다시 없을 것이다. 왜냐하면 나는 대추나무의 성실한 사계절을 꾸준히 지켜봐 온 목격자이므로. 그 맺음이 무엇인지 정확히 아는 사람이므로.

이렇게 올해의 여름을 맺는다.

배롱나무

앞마당의 배롱나무. 100일 동안 꽃이 피어 '백일홍나무'라고도 부른다.
배롱나무의 꽃이 질 때쯤 무더웠던 여름도 끝난다.

여름은 항상 사건 사고의 연속이다. 갑자기 멀쩡하던 돌담이 무너지기도, 주방에 빗물이 역류하기도 했으니 말이다. 예측하지 못한 어려움이 생기는 만큼 그런 일들을 지나는 마음도 단단해진다. 물론 무덥고 치열한 여름 안에서는 당장 알지 못한다. 더위가 슬슬 물러가고 선선한 바람이 불기 시작할 때. 그제야 알게 된다. 수풀집의 어딘가, 그리고 내 안에 작지만 단단한 열매가 맺혔다는 것을.

3   가을

9월에서 11월, 가을

비가 그친 가을 숲길을 걷고 오는 길.
집에 돌아와 능소화를 일으켜 묶어주고, 잡초를 매고, 텃밭에 남아
있던 푸성귀를 수확해 밥상을 차린다.
수확은 늘 기쁘지만 특히 가을 수확의 손맛이 가장 좋다. 배추와 무,
당근 같은 가을 작물을 수확할 때 말이다. 힘을 주어 당기면 묵직한 게
땅속에서 툭, 하고 끊어져 나와 내 손에 안기는 느낌이 든다. 땅과
연결되어 있던 것이 나에게로 옮겨오는 기분이다.

해질녘 선선한 바람에서 가을 냄새가 진하게 났다.
사진으로는 흉내낼 수 없고 말로는 설명할 수 없는 멋진
하늘을, 시선에 걸리는 것 없이 시원하게 볼 수 있는 건
시골살이의 좋은 점 중 하나다.

가을 마을풍경

땅도 쉬어가는데

마을길과 담장 사이, 한 뼘이나 될까 싶은 좁은 땅에 대파가 조르륵 심겨 있다. 그 옆으로는 콩도 총총 심겼다. 작은 틈에 간신히 뿌리를 내리고서 꼬투리는 주렁주렁 많이도 맺었다. 마을 구석구석 땅이 일구어진 모양을 보면 어르신들의 땅 활용이 얼마나 살뜰한지 알 수 있다. 손바닥만 한 땅도 절대 놀리는 법이 없다.

시간도 절대 놀리지 않는다. 봄여름 작물을 수확하고 나면 그 자리에 가을에 수확할 작물을 심는다. 가을 작물을 수확하고 나면 또다시 양파와 마늘 같은 월동 작물을 심는다. 그런데 웬일인지 수확을 마친 마을의 밭들이 한참이나 텅 비어 있다. 재빨리 다음 작물을 심어야 할 것 같은데 이번 주말에도 텅 빈 그대로다.

"땅도 쉬어야지."

여름내 끊임없이 줄기를 내고 열매 맺느라 고생한 땅을 쉬게 하는 중이라고 한다. 땅이 아무것도 키워내지 않고 쉬는 동안 가능하면 흙을 깊이 갈아엎는다. 돌들은 골라내고 단단하게 굳어버린 흙도 포슬포슬 고른다. 제때 제초하지 못한 잡초도 뽑아낸다.

제초하지 않은 채 그대로 새 작물을 심으면, 잡초에게 영양분을 모두 빼앗겨 실하게 자라지 못한다. 거름과 비료도 더해준다. 흙의 위아래를 뒤집어 땅의 깊은 곳까지 공기가 통해 숨쉬도록 한다. 그러고 나서야 다음 작물을 심을 이랑을 두두룩이 만든다. 그래야 다음 작물을 키울 땅의 힘이 생긴다고 한다. 이 과정을 '깊이갈이'라고 부른다. 아차 싶었다.

"저는 수확한 자리에 비료만 좀 주고 바로 배추랑 무를 심었어요."
"괜찮여. 한두 해는 괜찮여. 아직까지는 땅심이 있으니깐은. 근디 글키 심고 또 심고 하면은 난중에는 못 영글지."

집에 돌아와 텃밭을 들여다보았다. 그러고 보니 농사도 꼭 나같이 짓고 있었다. 잠시 쉬는 것, 자세히 살피는 것, 더할 것은 더하

고 뺄 것은 빼는 것. 필요하고 중요한 일인데, 매번 놓치고 말았던 것처럼.

어쩌면 어느 날 도망치듯 시골 마을을 찾아온 것도 그 때문일 것이다. 숨 고를 틈도 없이 비료만 훌훌 뿌리곤 새로운 작물을 심듯 매 계절을 보내다 보니 일상을 굴릴 힘을 완전히 잃었다. 지쳐 나가떨어질 때쯤 떠나곤 했던 며칠 짜리 휴가는 그때뿐이고 결국 무엇을 심어도 건강히 영글지 못하는 상태가 되어버렸다.

이번 주는 수확을 마친 땅에 깊이갈이를 하듯 주말을 보냈다. 마냥 비워진 것처럼 보이지만 다음을 위한 준비인 것처럼 그렇게.

가을 산책길

가을이 주는 편안함과 넉넉함을 느끼는 날들이다. 가을은 유난히 짧기도 하고 날마다 새로운 계절이라, 놓치지 않고 열심히 누리려 한다. 서너 주 지나면 단풍으로 물드는 새로운 가을이 올 것이다. 어디는 꽃이, 어디는 하늘이, 또 어디는 물결이 예뻐서 발길 떼기 어려운 요즘.

밤

마을의 큰 밤나무에서 수확한 햇밤을 까먹으며 맥주를 마시는 가을밤.
달이 차오르듯 마음도 차올라, 명절 기분이 난다.

읍내에서 번개를 했습니다

날짜가 2와 7로 끝나는 날은 읍내에 오일장이 열리는 날이다. 장날에는 딱히 살 게 없어도 읍내로 향하게 된다. 장에 가면 이상하게 기운이 난다. 마트나 백화점에서는 느낄 수 없는 기운참과 훈훈함이 그곳에 있다.

가판마다 이름 모를 나물들이 가득하다. "사장님, 이 나물은 뭐예요?" 하고 물으면, "참비름나물이여. 간장하고 참기름 넣고 무치면 맛있지! 된장 한 숟갈 넣고 무쳐도 맛있고!" 하고 조리법까지 세트로 되돌아온다. 오일장에는 어릴 때 동네에 일주일에 한 번씩 오던 과자 트럭에서 팔던 생과자랑 사탕 가판도 꼭 있다. 그리고 언제부턴가 내 일상에서 뜸해진 물건들도 당당히 한 자릴 차지하고 있다. 카세트, 좀약, 절구 같은 물건들 말이다.

빽빽이 들어선 가판 사이사이를 누비는 것이 바로 장날의 묘미다. 나는 텃밭에 미처 심지 못한 채소도 사고, 해 먹기 어려운 반찬도 여러 개 산다. 화원 앞에서는 마당에 심고 싶은 나무 묘목을 들여다보며 고민하느라 한참을 보내기도 한다. 고민할 필요가 없는 것도 있다. 방금 막 기름에서 건져낸 튀김이랑 설탕에 또르

르 굴린 도넛, 갓 나온 어묵은 한 봉지씩 무조건 사야 한다.

양손 무겁게 주차장으로 향하는 길. 문득 앞집 할머니 생각이 스친다. 혹시 할머니도 읍내에 나와 계시지 않을까. 그러고 보니 대문을 나설 때 할머니 댁 대문도 닫혀 있었던 것 같다. 혹시나 하면서 전화를 걸었다.

"으이!"
할머니는 오늘도 "여보세요" 대신 "으이!" 하고 기합을 넣어 전화를 받으신다.
"할머니, 앞집이에요. 저 장에 왔는데요. 혹시 읍에 계세요?"
"그럼! 여 읍에 나왔지. 3시 버스 기다리는 중이여."
"아직 3시 되려면 한참 있어야 하잖아요. 저랑 만나서 같이 들어가요!"

버스정류장으로 할머니를 모시러 가기로 했다. 정류장이 보이자 슬슬 속도를 줄이며 다가섰다. 3시 버스를 기다리는 어르신들이 나란히 앉아 담소를 나누고 계셨다. 동그란 파마머리와 분홍빛 옷, 의자에 앉은 모습까지 할머니들은 신기할 정도로 스타일이 비슷했다. 그중 익숙한 할머니 얼굴을 금세 발견하고 멈춰 섰다.

"할머니이!"
"아이고, 시상 반가워라!"
할머니는 손뼉을 치며 일어서신다. 그러고는 담소를 나누던 친구분께 내 소갤 하신다.

"우리 앞집 사는 아가씨여. 같이 들어가자고 여까지 왔네. 아이고~ 수고스럽게~"

우리는 여유롭게 시골길을 차로 달리며 도란도란 이야기를 나누었다. 이렇게 읍내에서 만나니 얼마나 더 반가운지, 오늘은 무얼 샀는지. 아직 거기까지밖에 이야길 못 했는데 어느새 집 앞이다.

80대의 할머니와 30대의 나 사이에는 비슷함을 찾기 어렵다. 살아온 환경은 물론 관심사도 다르다. 그런데도 우리의 대화는 매번 빈틈없이, 단단하게 이어진다.

"네가 잘하니까 그런 거 아닐까?" 지인들은 말했다. 그런가, 해보지만 사실 그렇지는 않다. 나는 싹싹하고 사교성 넘치는 타입은 아니다. 먼저 살갑게 다가서지도 못한다. 오히려 쭈뼛거리는 편에 가깝다. 무엇보다 일방적으로 열심히 노력해야 하는 관계에는 금방 지치고 마는, 참을성 없는 성격이다.

공통점 하나 없는 할머니와의 대화가 즐거운 이유는 서로가 완전히 다른 사람이라는 것을 인식하고 있기 때문일 것이다. 9남매를 키워내며 평생 이 마을에서 살아온 팔순의 할머니와 어느 날 도망치듯 시골로 숨어든 30대의 나. 우리가 다른 것은 당연했다. 빤히 같은 걸 보고 들으며 전혀 다른 생각을 하는 게 이상할 게 없었다. 그래서 우리의 대화에는 항상 물음표가 많다. 서로의 다름을 궁금해하고 신기해하며 던지는 물음표다. 어떤 이야기가 이어지든 맞고 틀린 게 없다. 그땐 그랬고, 지금은 이렇고, 할머니는 그랬고, 나는 이렇다. 그뿐이다.

그런데 왜 직장인으로 살아가는 평일의 시간에는 이런 생각을 잘 못 할까. '어떻게 그렇게 생각할 수 있지?', '당연한 거 아니야?' 같은 말을 여전히 달고 산다. 어떤 날은 누가 나와 다르다는 것 때문에 속에 불기둥이 치솟기도 한다. 그럴 땐 멈추고 수풀집을 떠올린다. 할머니와의 대화를 더듬어본다. 자연스럽게 '그럴 수 있지' 하는 생각이 이어진다. 모든 일이, 관계가 편해지는 마법 같은 문장이다. 나라는 사람이 나 하나이듯 나같이 생각하는 것도 오직 나뿐이다. 어쩌면 모두가 다를 수밖에 없는 거 아닌가. 상대가 앞집 할머니든 옆자리에 앉은 동료든 말이다.

차에서 내린 할머니는 대문 앞에 서서 계속 손을 흔드신다. 길 하나를 사이에 두고선 서로 얼른 들어가라는 손짓을 몇 번이나 주고받았는지 모른다. 내일 또 만날 건데 먼길을 떠나보내듯 인사하는 할머니. 그 인생에 얼마나 많은 만남과 이별이 있었을까. 나는 가늠도 못 하겠지, 하며 결국 내가 먼저 돌아서 대문을 연다.

쪽파 심기

이웃 어르신이 밭일하시는 데 기웃거리다가 쪽파 종구(번식을 위해 심는 식물의 알뿌리)를 한 줌 얻었다. 당당히 비료까지 얻어와서는 오늘도 충동적으로 쪽파 농사를 시작했다.

고구마 수확 그리고 고구마 맛탕

수확을 마치면 대문을 드나드는 발걸음이 많아진다. 드라마 〈응답하라 1988〉에는 저녁상을 앞에 두고 이 집에서 저 집으로, 저 집에서 이 집으로 반찬 나눔 릴레이가 끝도 없이 이어지는 장면이 나온다. 가을 수확을 마친 우리 동네 풍경이 꼭 드라마 속 장면 같다. 김장김치부터 막 수확한 밤과 감, 각종 제철 요리가 꽃무늬 그릇에 담겨 우리 집 대문을 넘는다. 그러면 나도 그릇 반납을 핑계로 오늘 수확한 고구마로 만든 맛탕을 가득 담아 이웃집 대문을 넘는다.

맥가이버는 아니더라도

집을 고치면서 정말로 신났던 몇 개의 순간들이 있는데, 그중 하나가 마당의 수돗가에서 물이 나오는 걸 확인한 순간이다. 수풀 집은 오랜 시간 폐가로 방치되어 있어서 수도관이 연결되어 있지 않았다. 그러니 물이 나오지 않는 것은 당연했다.

공사가 한창이던 어느 날, 뒷마당에 우뚝 선 부동전이 나를 맞아주었다. 부동전은 말 그대로 '얼지 않는 수도'라는 뜻이다. 보기에는 흙바닥에 그냥 세워둔 쇠봉 같이 생겼는데, 이제 여기서 물이 나올 거라고 하는 것이다. 진짜 물이 나오나, 의심의 손길로 수도꼭지를 돌리자 바로 세찬 물줄기가 콸콸 쏟아져나왔다. 그 순간의 희열은 잊을 수가 없다.

주변 사람들은 어느 날 갑자기 시골 폐가를 고쳐 살겠다며 나선 나를 많이 걱정했다. 걱정 말라며 큰소리를 쳤지만, 나 역시도 속으로는 이 폐가가 정말 사람 사는 곳이 될 수 있을까 끊임없이 걱정했던 것 같다. 그리고 그 마음은 공사를 시작하고도 쉽게 그치지 않았는데, 부동전에서 쏟아져나온 것은 그런 걱정을 말끔히 씻어주는 물줄기였다. '이제 물도 나오는데, 사람 못 살겠어' 하고 안심했던 순간이다.

부동전이라고 불리는 마당의 수돗가는 시골 생활에 없어서는 안될 공간이다. 손빨래도 하고, 텃밭에서 수확한 채소도 씻고, 한여름에는 손과 발을 씻으며 무더위도 식히는 공간이다. 생각해보니 시골에서 살던 어린 시절의 추억도 수돗가 주변에서 벌어진 일들이 많다.

여러모로 애정하는 이 부동전은, 참 좋은데 수도꼭지가 하나뿐인 게 영 불편했다. 수풀집은 앞마당에는 화단이, 뒷마당에는 텃밭이 있다. 이 두 공간을 오가며 물을 써야 해서 원거리를 이동할수 있는 긴 호스를 수도꼭지에 항상 연결해둔다. 그런데 그 상태로 손을 씻거나 다른 용도로 물을 써야 하는 상황이 생기면 번거롭게 호스를 분리했다가 다시 연결해야만 한다. 그러기 귀찮을 때는 그냥 집 안으로 들어가 물을 쓰곤 했다. 텃밭의 흙들을 온집 안에 후드득 흘려가면서.

그러다 드디어 오늘, 두 갈래 수도꼭지를 사다가 부동전에 연결했다. 이제 연결된 긴 호스를 빼지 않고도 따로 물을 쓸 수 있다. 정말 신세계다!

수풀집에 살기 전, 서울집에서 이런 일이 있었다면 나는 여지없이 바로 전문가의 손을 빌렸을 것이다. 그렇지만 시골에서는 누군가의 손을 재빨리 빌리기가 어렵다. 그래서 서툴고 느리지만 나의 손으로 하나둘씩 해나가고 있다. 망더라도 일단 시도는 해본다. 자연스럽게 나의 필요를 세심하게 살피고 작은 불편도 허투루 넘기지 않고 기억하게 된다.

언제부턴가 직접 요리하기보다 배달 음식을 시키는 일이 더 자연스러워지고 무언가를 대행해주는 서비스들에 익숙해졌다. '편해서' 그러는 게 아니라 '시간이 곧 돈'이라는 핑계로.

수도꼭지를 바꿔 끼우는 일은 전문가의 손을 빌리는 게 더 빠르고 정확할 테고, 어쩌면 수풀집을 돌보는 사소한 기술은 앞으로 내 인생에 큰 쓸모가 없을지도 모르겠다. 그렇지만 나의 필요를 내가 살핀다는 것, 그 필요를 느리지만 나 스스로 충족시키며 살아갈 수 있다는 자신감은 여전히 내 인생에 쓸모가 있지 않을까.

고작 수도꼭지 하나 갈아끼우고서 하는, 거창한 생각들.

소일거리

읍내 철물점에서 버리는 팰릿(화물을 쌓는 틀이나 대)을 주워왔다. 창고에
놓을 의자 겸 침대를 만들면 좋을 것 같았다. 물론 (이번에도) 예상대로 되
진 않았다. 전에 할머니가 동네에서 버리는 물건을 챙겨 오실 때, 왜 자꾸
남의 쓰레길 주워 오시냐며 툴툴거렸는데… 이제야 우리 할머니의 마음
을 알 것 같다. 이상하게 버려지고 망가진 고물들의 다른 쓸모가 보인다.

가을의 색깔들

가을은 빨갛고 노란 줄로만 알았는데

이제 보니 세상 모든 색이 다 들어 있는 계절이었다.

마당이 있는 집에 산다는 것
: 짜장이와 희망이를 기억하며

이불 속에서 밖을 내다보니 비가 내리고 있었다. 할 일을 잔뜩 추려둔 날이라면 난감했겠지만, 게으름을 피우고 싶은 날이라 예고에 없던 비가 반가웠다. 이불 속에서 한참을 꿈틀거리다 커피한 잔을 마시고 마당 순찰에 나섰다. 뒷마당에서는 길 하나 건너 바로인 앞집 할머니 집이 잘 보인다. 마침 대문을 나서는 할머니가 보였다. 할머니도 나처럼 갑작스러운 비에 할 일을 잃으신 듯했다.

"할머니! 저희 집에서 점심 같이 드실래요!"

식탁에 마주앉아 근황 토크를 시작한다. 소망이는 오랜만에 만나는 할머니가 반가운지, 자꾸 할머니 주변을 맴돌았다. 할머니는 집에서 키우는 고양이라 그런지 참 깨끗하고 예쁘다며, 배가 빵빵한데 임신한 거냐고 물으셨다. 소망이는 수컷 고양이예요, 대답하고는 함께 한참을 웃었다. 할머니와의 대화 주제는 매번 다르지만, 서로의 세계가 너무 달라 늘 흥미롭다. 특히 마을 이야기를 나눌 때면 문제집의 해설지를 들여다보는 느낌이다. 마을의 무언가가 바뀌었는데 도통 무엇이 바뀌었는지, 왜 바뀌었는지 모를 때가 있다. 그럴 때 할머니의 이야길 들으면 아하, 하게 된다. 일주일 만에 만난 할머니는 여러 가지 마을 소식을 전해주셨다. 그중에는 누군가 놓은 덫에 고양이가 잡혔다는 이야기도 있었다. 순간, 마음이 덜컥했다. '짜장이인가 보다…'

'짜장이'는 올 초 어느 날부터 우리 집에 나타난 턱시도 고양이다. 코에 짜장을 묻힌 것 같은 검정 무늬가 있어 짜장이라고 부르기 시작했다. 작고 겁이 많아 처음에는 곁에 오지도 못하더니, 언제부턴가 우리 집에 인기척이 나면 제일 먼저 달려오던 고양이. 텃밭 일을 할 때면 멀리서부터 "끼야앙" 하는 특이한 목소리로 나를 부르며 달려와서, 짜장이가 보이지 않아도 이리 오고 있다는 걸 알 수 있었다. 그런 짜장이가 집에 오지 않은 지 몇 주가 지났다. 할머니의 이야기는 몇 주간의 불안과 추측을 확신으로 만

들었다. 안 오는 게 아니라, 못 오는 거였구나. 마음이 울렁거렸다. 그 후로 할머니와 이야기를 더 나눴지만 무슨 말을 했는지 정확히 기억나지 않는다.

할머니가 가신 후, 일이 손에 안 잡혀서 결국 마당으로 나갔다. 혹시나 하는 마음에 마당 구석구석을 돌며 괜히 짜장이 이름을 불러보았다. 어디선가 고양이 소리가 들리는 것 같아 뒤돌아보면 빗소리거나 혹은 아무것도 아니었다. 대문 창고에 앉아 비 내리는 마당을 멍하니 바라보고 있었다. 갑자기 마당 구석에서 무언가 꿈틀했다. 다가가 보니 아기 고양이였다. 낯익은 고양이. 우리 집 마당에서 밥을 먹는 너굴냥이(너구리처럼 생겨서 너굴냥이다)가 초여름에 갑자기 데리고 나타났던 새끼 네 마리 중 한 마리다. 간식을 줄 때면 형제 고양이들에게 밀려 제대로 먹지도 못하던, 가장 작은 삼색 고양이. 경계심 많은 제 엄마를 닮아 나를 보면 도망가느라 바빠서 이렇게 가까이서 보는 것은 처음이었다.

고양이는 물에 흠뻑 젖어 엎드려 있었다. 온 힘을 내어 도망가려고 애쓰는 것 같았지만 제대로 서지도 못했다. 힘을 내어 땅을 짚고 일어나도 미끄러지듯 금방 다시 고꾸라졌다. 힘이 없는 고양이는 너무 쉽게 잡혔다. 어디를 다친 건지 들여다봐도 알 수가 없었다. 병원에 가야 할 것 같았다. 시골이라 동물병원은 한참을 나가야 하고 그나마도 주말이라 여의치 않을 것 같다는 걱정이 앞섰다. 그리고 두렵기도 했다. 내가 지금 잘하는 걸까. 내가 이 고양이를 책임질 수 있을까. 수없이 망설이던 중 짜장이 생각이 스쳐갔다. 얼른 삼색 고양이를 차에 태웠다.

읍내 병원에서는 별다른 처치를 받지 못하고 옆 도시 큰 병원으로 가라는 안내를 받았다. 한참을 달려서 도착한 대전의 두 번째 병원에서는 고양이가 언제 잘못돼도 이상하지 않은 상태라고 했지만, 어쩐지 나는 아기 고양이가 살 수 있을 것만 같았다. 담요에 폭 쌓여서 손발 하나 못 쓰면서도 내가 손을 뻗으면 제 몸을 만지지 말라고 하악질을 하는 이 고양이는, 분명히 살 것이다. 그런 확신이 들었다. 집에 오는 길에 아기 고양이의 이름을 '희망이'라고 지었다. 희망이 있다는 뜻으로, 소망이 동생 희망이라는 뜻으로.

삶에 대한 내 예측이 자주 빗나갔듯이, 이번에도 그랬다. 병원에 다녀오고 한 시간도 채 되지 않아 희망이는 고양이 별로 떠났다. 희망이라는 이름을 가지고 따뜻한 집에서 보내는 생애 첫날이, 마지막 날이 되었다. 눈도 채 감지 못하고 힘겹게 떠나간 자그마한 몸을 붙잡고 한참을 울었다. 마당에 희망이를 묻어주러 나갔지만 묻지 못하고 다시 들어왔다. 혹시 심장이 다시 뛸 수도 있을 것 같아서. 정말 죽은 것이래도 따뜻한 집에서 하루는 편히 쉬어 가게 해주고 싶어서.

아침해가 뜨고 나서, 앞마당 동백나무 아래 희망이를 묻었다. 해가 반짝이고, 활짝 핀 백일홍이 참 예쁜 날이었다. 아침 바람에서는 어느새 가을이 느껴졌다. 여름에 우리 집 마당을 찾아왔던 작은 고양이는 두 계절도 채우지 못하고 떠나갔다. 살고 죽는 것처럼 내 힘으로 어쩔 수 없는 일들이 있다. 알면서도 이런 일들을

겪을 때마다 엄청난 무력감에 휩싸인다. 그렇지만 희망이를 보내며 생각했다. 내가 어쩔 수 없는 일들이 분명하니까, 그저 내가 할 수 있는 일에 더욱 마음을 쓰며 살면 좋겠다고.

희망이를 묻어주고 마당을 둘러보았다. 내 마음과 달리 마당 풍경은 평화로웠다. 마당이 있는 집에 산다는 것은, 마당이란 이름의 작은 자연을 지켜보는 사람이 된다는 의미가 아닐까 생각했다. 앞으로도 나는 우리 집 마당에 오가는 많은 생명들을 마주하게 될 것이다. 너굴냥이처럼 불현듯 우리 집을 찾아오는 고양이를 만날 테고, 짜장이처럼 부끄러움이 많아 쭈뼛쭈뼛 다가오는 고양이가 와도 좋은 친구가 될 것이다. 그리고 아주 짧게 머물렀다 떠나는 희망이 같은 고양이를 (슬프게도) 또 만나게 될 것이다.

마당이 있는 집에 산다는 것은, 그런 일이다.

희망이에게,

아침 일찍 출발했으니 이제 도착했겠지.
편안하고 좋은 곳에 외롭지 않게 도착했길 바라.

혹시 나의 서툴고 부족한 손길이
너의 시간을 더 빨리 가게 한 건 아닌지
마음 무겁게 모든 손길과 시간을 돌려보고 있단다.

희망아!
잠시 내게 와서 많은 걸 알려주고 가서 고마워.
네가 알려준 모든 것들을 잊지 않고 기억할게.

나는 작은 마당에 드리운
자연의 순리를 이해하면서도
견디기가 어려워 오늘은 일찍 서울로 돌아왔어.

그런데 서울집 창가에 서서 보는 예쁜 노을이
꼭 너의 무늬 같아서
너를 기억하며 다시 한번 평안을 빈다.

꼭 다시 만나자.

가을밤

풀벌레 소리와 새 울음소리만 가까운, 고요한 수풀집의 밤.

가을 텃밭

여름 끝자락에 심은 배추는 속이 차오르고, 무는 제법 실해졌다. 이웃 어르신께 배추 자랑을 했더니, 얼른 배춧속을 파먹는 배추벌레부터 잡으라신다!

모종에서 김치까지
: 나의 첫 김장 이야기

훌쩍 큰 옥수수로 가득했던 밭들이 일제히 비워졌다. 옥수수 수확이 끝난 것이다. 그 후 한두 주가 지나자, 마을에는 다시 이랑과 고랑이 정갈히 만들어졌다. 이제 무얼 심냐는 나의 질문에, 옆집 어르신은 김장배추를 심는다고 하셨다. 나는 그 길로 읍내에 나가 배추 모종을 사 들고 들어왔다.

모종을 사오긴 했는데, 막상 심을 땅이 없다. 마당 앞뒤 화단에는 꽃과 나무가 한창이었다. 결국 마당 한쪽, 잡초가 그득한 돌밭을 개간하기로 마음먹었다. 가만히 있어도 숨이 턱턱 막히는 여름의 끄트머리였다. 한나절 내내 돌밭과 씨름을 하고 나자, 무언가 심을 수 있을 것 같은 텃밭이 생겨났다. 배추 모종 스무 개를 줄 맞춰 심고, 무 씨앗을 뿌렸다. 이웃에서 얻어온 쪽파 종구도 한 고랑 심었다. 8월 말이었다.

그때부터 시골집에 도착하면 텃밭부터 확인하는 습관이 생겼다. 자그맣고 여렸던 배추 잎사귀는 매주 조금씩 커다랗고 무성해졌다. 깨알 만한 씨로 심었던 무는, 무 싹이 맞나 싶게 네 잎 클로버

모양의 싹을 틔웠다. 그러더니 어느 날 갑자기 무다운 잎 모양이
되었다. 쪽파는 첫 싹부터 쪽파답게 삐쭉삐쭉하더니 그대로 쑥
쑥 자랐다.

배춧잎 사이의 애벌레를 잡고, 무의 싹을 솎아주는 사이 늦더위
가 지나고 몇 차례 가을비도 내렸다. 찬바람이 불기 시작하자 속
까지 훤히 들여다보이던 배추는 속이 차기 시작했다. 무는 땅 위
로 뽀얀 이마를 내밀기 시작했다. 김장을 해야겠단 생각이 들었
다. 배추, 무, 쪽파, 청갓이 텃밭에서 쑥쑥 자라고 있으니 자연스
러운 일이었다.

드디어 수확의 날. 속이 가득차 단단한 배추를 양팔로 꽉 안았다.
웃챠, 하고 힘주어 당기니 순간 배추가 내 품에 와락 안겼다. 나는 고랑에 엉덩방아를 꿍 찧으며 널브러졌다. 무도 마찬가지다. 무청을 양손에 움켜쥐고 힘껏 당기는데 생각처럼 쉽게 뽑히질 않았다. 온몸의 무게를 실어 무를 당기니 묵직한 게 땅에서 툭, 하고 끊어져 나와 나에게 폭 안겼다. 동시에 나는 무게중심을 잃고 뒷걸음질치다 다시 텃밭에 주저앉은 꼴이 되었다. 추위에 몸이 움츠러들어서인지 손과 엉덩이가 무지하게 아팠다. 그런데도 자꾸만 실실 웃음이 나왔다. 뽑아놓고 보니 정말 마트에서 파는 것들과 다를 게 없었다. 이게 정말 내가 키운 거라니! 생산자 이름에 '김미리' 하고 박아서 출하해도 될 것 같았다. 아니, 그러기엔 좀 아까운 것 같기도 하고.

오전 내내 배추와 무를 뽑고 씻어 다듬었다. 배추는 소금에 잘 절여놓고, 마당 한편에 땅을 파 장독까지 묻었다. 땅속 장독에서 꺼내먹는 김치에 대한 로망이 있기도 했지만, 냉장고가 작아 김치를 보관할 곳이 없었기 때문이다. 무청은 한 번 데쳐 끈으로 엮은 후 처마 밑에 걸어 말렸다. 문득 할머니가 생각났다. 여느 할머니들처럼 우리 할머니도 시래기, 호박고지 같은 걸 널어 말리는 일을 자주 하셨다. 내가 입다 버린다고 내놓은 반팔 티셔츠에 빨간 내복을 받쳐 입고선, 해가 나는 방향을 향해 무언가 열심히 널고 또 해가 지면 바삐 거두곤 하셨다. 김장을 하며 할머니의 뒷모습이 부쩍 그리워졌다.

김장은 다음 날에도 이어졌다. 밤새 잘 절인 배추를 여러 번 씻어 행군 후 양념을 발랐다. 배춧잎을 한 장 한 장 들어가며 소를 꼼꼼히 넣었다. 예전에 할머니와 엄마가 김장하던 걸 여러 번 보긴 했지만, 옆에서 고춧가루 뚜껑이나 열어줬지 내가 직접 한 일은 딱히 없었는데. 그래도 어찌어찌 갓김치도 한 통 담그고 파김치도 말아봤다. 큰 장독 두 개를 가득 채우고도 큰 김치통 몇 개가 더 채워지고 나서야 김장이 끝났다.

그날 밤, 갓 지은 밥에 김장김치를 척 얹어 저녁을 먹었다. 허리는 아프고 다리는 욱신거리는데 김치는 참 맛깔나고 달았다. 나의 첫 김장이었다.

어디서 읽었는지 혹은 들었는지 기억나지 않지만, 요즘 사람들이 우울감에 빠지는 이유 중 하나가 실체 없는 노동 때문이라는 말을 접한 적 있다. 인류는 오래전부터 채집과 수렵을 통해서 만족감을 느꼈는데, 현대로 오면서 실체가 없는 것을 얻기 위해 살아가는 일상을 반복하기 때문이라나. 그래서일까. 작은 모종과 씨로 심었던 배추와 무가 크게 자라나 수확할 때, 장독 가득 김치가 되었을 때, 거짓말 조금 보태서 승진했을 때보다 기뻤던 것 같다. 아니 솔직히 그보다 기쁘지는 않았는데 확실히 승진의 기쁨보다는 오래 지속되는 기쁨을 주었다. 김장김치를 다 먹을 때까지 매끼니 기뻤으니까 말이다.

가을 수확

초보 농부의 어설픈 손길에도 열심히 자란 배추, 무, 쪽파.

따뜻했던 가을볕과 노지의 힘 덕분이다.

첫 김장

온 동네방네(로도 모자라서 SNS에까지) 이것 좀 보라며 호들갑 떨며 키운 채
소들로 첫 김장을 했다. 무청도 널어 말렸더니 정말 시골집 풍경 같다.

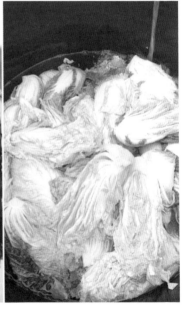

시골살이를 하니 정말 계절 따라 할 일이 많다. 서울에서는 춥고 더워도 일상이 비슷비슷해서 오늘이 어제 같고 어제가 오늘 같았는데, 수풀집에서는 매일매일이 새로운 날이라는 게 실감 난다.

월동 작물 심기

겨울을 예고하는 찬바람이 불기 시작하면, 월동 작물인 양파와 마늘을 심는다.

마지막 당근 수확

다음 주부터 추워진다는 소식에 텃밭에 남아 있던 당근을 수확했다. 한 해의 마지막 수확이다.

계절의 사이에서

아침 일찍 일어나 비가 갠 숲길을 걸었다. 아직 가을비에 젖어 있
는 고요한 숲에서 청량한 공기를 맘껏 누린다. 가만 보니 젖은 나
뭇가지 끝에 작은 고드름이 맺혔다. 아직 10월 중순인데.

물소리, 나무 소리, 새소리를 뺀 모든 소리가 사라진 조용한 숲속
에 지잉 하고 짧은 진동 소리가 울린다. 충남도청에서 보낸 안전
안내 문자다. 오늘 밤부터 충청도에 한파주의보가 발효되니 겨
울 채비를 하란다. 산책에서 돌아오는 길에 바로 주유소에 전화
를 걸었다. "○○리 마을회관 앞집인데요, 등유 두 드럼 부탁드
려요."

트럭 뒤에 커다란 기름 탱크가 붙어 있는 웅장한 유조차가 우리
집 앞에 등장했다. 긴 호스를 끌고 와 우리 집 보일러와 합체하더
니 기름을 드릉드릉 넣는다. 그 모습을 담장 너머로 지켜보던 옆
집에서 "우리 집도 두 드럼 넣어줘요" 하신다. 그 모습을 또 건너
보던 앞집 할머니가 "우리집두!" 하고 달려오신다. 가을비가 그
치고 바람이 쌀쌀해진 오늘은 온 마을 기름 넣는 날이 되었다. 가
을에서 겨울로 건너갈 때 잊지 않고 꼭 챙겨야 하는 일이다.

보일러에 기름을 가득 채워두니 마음이 든든하다. 갑자기 기름이 떨어져 밤새 추위에 떠는 장면을 상상하니 아찔하다. 수확한 감자, 고구마, 양파는 얼지 않도록 실내 창고로 옮겨 착착 쌓아두었다. 작년에는 마당 한편에서 영하의 추위를 맞아 꽁꽁 얼어버려 두고두고 얼마나 속상했는지…. 수도 펌프는 헌옷으로 잘 여며두었고, 창틀과 문틈도 한 차례 둘러보았다. 그리고 1~2년생밖에 안 된 어린나무들은 동사하지 않도록 밑동을 짚으로 감싸고 왕겨로 덮어주었다.

'돌아오는 계절에 내가 뭘 입고 뭘 먹을 것인지, 뭘 누리며 보낼 것인지 이렇게 정성스레 준비해본 적 있었던가?'

회사에서는 항상 다음 계절을 미리 준비하곤 했다. 분기로 나누고도 모자라 월간, 주간 촘촘하게 회사와 팀의 일들을 계획했다. 그럴 때면 나는 아주 부지런하고 철저한 사람이 되었다. 그러다 늦은 밤 집에 돌아오면 한없이 게으른, 또 다른 내가 되었다. 퇴근하면 내일이 없는 사람처럼 먹고 마시기 바빴고, 그런 내 옷장에는 정리되지 않은 지난 계절의 옷들이 늘 뒤섞여 있었다.

어떤 질문이든 그 앞에 '가장 좋아하는'을 붙이면 답하기 어려워진다. 그래서 누가 가장 좋아하는 책이나 영화를 묻는다면 이렇게 대답해야지, 하고 모범 답안을 만들어둔 적도 있다. 금방 답하지 못하면 왠지 취향이 없는 사람처럼 여겨질 것 같았다. 그렇지만 '가장 좋아하는 계절이 언제냐'는 질문에는 예전부터 망설임 없이 답할 수 있었다. 따뜻한 계절인 봄을 가장 좋아했으니까. 그런데 이제는 그 질문 앞에서도 머뭇거리게 될 것 같다. 오늘 아침 산책에서 돌아오는 길에 문득, 가장 좋아하는 계절은 가을이 아닐까 생각했기 때문이다.

근데 그럼 뭐 여름이랑 겨울은 꿀리나. 지나간 여름과 겨울에도 가장 좋아하는 계절이라 부를 만한 순간들이 있었고, 앞으로도 있을 것이다. 그때에만 누릴 수 있는 것들에 감동하며 나는 또 '여름이 최고야', '겨울이 최고야' 하고 있을 것이 분명하다.

그러나 지금 누가 나에게 가장 좋아하는 계절이 언제냐고 묻는다면 가을이라고 답해야지, 하고 미리 생각해둔다. 왜냐하면 (이 글

을 쓰는) 지금은 가을이니까. 언제고 지금 통과하는 계절을 가장 좋아한다고 말할 수밖에 없을 것 같다. 가을비가 내린 후의 산책을 좋아하고, 가을 특유의 색깔과 냄새를 좋아한다. 매번 새로운 수확의 손맛도 좋아한다. 그리고 다가올 계절을 정성스레 준비하는 가을날 속의 나를 좋아한다.

가을이 최고야.

서리

10월 중순의 어느 날, 이른 서리가 내렸다. 텃밭의 작물은 서리가 내리기
전 수확을 마쳐야 한다.

월동 준비

밤부터 기온이 영하로 내려간다는 소식이 들린다. 보일러에 기름을 채우고, 수확 후 마당 한편에 보관 중이던 양파와 고구마, 당근이 얼지 않도록 실내 창고로 옮긴다. 수도 펌프와 어린나무들의 밑동을 보온재로 단단히 싸맨다. 마지막으로 마당고양이들을 위한 겨울집을 만든다. 수풀집의 월동 준비다.

여름부터 가을까지 키워낸 작물들은 수확으로 마무리한다. 그리고 겨울을 지나 이듬해에 키워낼 작물들을 미리 심는다. 가을은 끝이기도, 시작이기도 하다.

■　　　4　　　겨울

12월에서 2월, 겨울

수풀집의 겨울은 난로 옆에서
완성된다고 해도 과언이 아니다.
겨울이 시작되면 대부분의
시간을 집 안에서 보낸다.
난롯가에 앉아 차를 마시고, 밥을
먹고, 무언가 읽고 쓰며 보낸다.
한 해의 부분 부분을 돌아보고
몸과 마음을 천천히 충전하는
오롯한 계절이다. 수풀집의
텃밭과 화단은 봄, 여름, 가을이
키우지만 이 집에 사는 나는
겨울이 키우는 것 같다.

가녀린 가지 하나 뻗는 데도 얼마나 오랜 시간과
힘이 필요한지 이제는 안다. 그래서 아깝고 또
아깝지만, 큰맘 먹고 마당 벚나무의 가지치기를 했다.
웃자라기만 하는 가지들은 양분을 허비하고 나무를
약하게 한다. 안타깝지만 꼭 해야 하는 일이다.

겨울 마을풍경

양파가 매운 이유

겨울답지 않게 따뜻한 날씨가 계속 이어지더니 드디어 겨울다운 바람이 분다. 조금씩 심었던 작물들은 초보 농부의 손길에도 잘 자라주어 감사히 수확을 마쳤다. 여름 내내 끊임없이 열매를 내어주던 토마토와 고추마저 시들어버리니 와글거리던 뒷마당 텃밭이 썰렁하다. 이제 봄을 기다리는 일만 남았을까. 그런데 이웃집에서 이제 겨울작물을 심는 때라고 하신다. 재빨리 읍내에 가서 양파 모종을 몇 개 샀다. 마늘 종구는 이웃에서 조금 얻었다.

농사가 처음인데 어쩜 그렇게 때맞춰 잘 심고 잘 수확하냐는 질문을 종종 받는다. 내 농사 비법은 '눈치 농사'다. 앞집이나 옆집에서 심으면 따라 심고, 수확하면 나도 수확한다. 다양한 농사 비법은 인터넷에 더 많을 테지만, 이곳에서 이 계절을 수십 번 보낸 어르신들의 경험만큼 정확하진 않을 것이다.

양파 모종과 마늘 종구는 본격적인 추위가 시작되기 전에 심는다. 그러면 겨울 노지의 칼바람을 이겨내고 봄에 다시 자라난다. 눈이 내리고 땅이 꽁꽁 어는 한겨울을 맨몸으로 버텨내는 것이다.

가끔 햇양파를 먹을 때 어쩜 이렇게 매우면서도 달큰할까 궁금했다. 아마 겨울의 매서운 추위 덕분일 것이다. 고유한 향과 깊은 맛은 긴긴 겨울을 작은 뿌리로 버티며 온몸으로 통과했다는 증거일 것이다.

최근에 외면하고 싶은 고민거리가 생겼다. 그런데 텃밭을 가만히 바라보니, 지금은 회피가 아니라 돌파가 필요한 순간이라는 생각이 스친다. 매서운 겨울바람을 통과해야 단단한 나로 열매 맺는 계절을 기대할 수 있다.

양파에게도, 나에게도, 겨울나기가 필요하다.

장작

얻어온 나무를 적당한 길이로 자르고 쪼개서 대청마루 아래에 차곡차곡 쌓는다. 착착 쌓인 나무를 바라보고 있으면 마음이 아주 든든해진다. 겨울잠을 자기 전, 먹이를 쌓아두는 다람쥐의 마음이 이럴까. 이 장작들로 뒷마당 화덕을 지피고, 물을 끓이고, 군고구마를 구울 것이다.

겨울의 시간들

겨울엔 대부분의 시간을 집 안에서 보낸다. 난롯가에 앉아 좋아하는 드라마나 영화를 보거나 책을 읽는다. 무언가를 기록하고 돌아볼 시간도 많아진다. 눈 내리는 날의 풍경을 바라보는 것도 좋다.

중간이 편한 사람의 집

"뭐 먹으러 갈까요?"

직장인들의 고뇌가 시작되는 점심시간 단골 질문이다. 직장인들의 평생 고민은 아마 퇴사와 점심 메뉴 고르기가 아닐까. 이 타이밍에 재빨리 나서서 말한다.

"자, 보기를 드립니다. 1번 ○○시래기, 2번 ○○버거, 3번 ○칼국수, 4번 중국집, 5번 기타 의견. 보기 끝!"

"음, 저는 1번 아니면 3번요. 오늘은 뜨끈한 게 땡기네요."

"1번 시래기 좋아요."

"전 4번 빼고 다 좋습니다."

모두 한마디씩 하고 나면 내가 마무리를 짓는다.

"그럼 오늘은 시래기로 가시죠."

보기를 내고 나면 결정권은 대체로 상대방에게 넘어간다. 선택할 필요가 없어지는 것이다. 그래서 나는 자주 보기 내는 역할을 자처한다.

무언가를 선택하고 결정하는 일은 어렵다. 사소한 점심 메뉴든 그 이상이든 말이다. 이것과 저것 중 하나를 선택해야 하는 상황이 오면, 나는 어설프게 중간 지점에 머무른다. "둘 다 괜찮아",

"전 다 좋아요"라는 말들을 앞세워서 말이다.

이런 성향은 어린 시절에서 비롯된 것 같다. 초등학생 때, 집안 사정 때문에 전학을 자주 다녀야 했다. 1학년 때만 전학을 예닐 곱 번은 해서, 그 내력을 적느라 생활기록부에 종이를 덧대야 할 정도였다. 나는 매번 새로운 학교, 친구, 환경에 적응해야 했다. 그리고 적응이 될 때쯤 다시 새로운 곳으로 떠나기를 반복했다. 그때 나는 생존전략으로 무색무취와 순응을 선택했던 것 같다. 정해진 환경을 받아들이고 빨리 적응하려면 모든 면에서 무난한 게 좋다. 특별히 무언가를 좋아하거나 싫어하는 것보다 중간 즈음에 머무르는 게 편리하다. 중간이 편한 초등학생은 자라서, 중간이 편한 어른이 되었다.

『좋아하는 곳에 살고 있나요?』라는 책을 쓴 작가이자 공간디렉터인 최고요 님이 그랬다. "집은 사는 사람의 취향을 담는 곳"이라고. 시골 폐가를 덜컥 사버렸을 때 나의 가장 큰 걱정은 그것이었다. 담을 취향이 없다는 것. 우리가 취향이라고 부르는 것은, 특별히 무언가를 좋아하고 원하는 고유한 마음이라고 생각했는데 나에겐 그런 마음이 없는 것 같았다.

집을 고치는 과정은 취향을 담은 선택의 연속이었다. 평상시처럼 보기를 내는 사람이 될 수도, 둘 다 괜찮다고 답할 수도 없었다. 낡은 폐가가 주는 몇 개의 선택지를 앞에 두고 짧은 기간 동안 여러 가지 결정을 했다. 이게 정말 맞는 건가, 하면서.

공사가 끝난 후 알게 되었다. 어쩌면 취향이란 게 열렬히 좋아하거나 원하는 마음이 아닐 수도 있다는 걸. 나처럼 51 대 49의 비슷으로 무언갈 조금 더 좋아하는 사람도 있는 것이다. 나에게 취향이란 내 마음이 아주 조금 더 이끌리는 것을 찾아가는 일이다.

우리 집은 한옥의 모습을 하고 있지만, 내부는 현대식이다. 내부도 기존의 집이 가진 모양을 최대한 살리면서 자연스럽게 새것을 더했다. 오래된 서까래가 그대로 자리한 주방에, 이케아 식탁과 최신상 커피 머신이 놓여 있다. 주방에서 거실로 갈 때는 매번 허리를 구부정하게 숙이고 지나는 불편을 감수해야 하지만, 마당 풍경을 집 안에서도 볼 수 있다는 기쁨이 있다. 어떤 스타일이라고 말하기 어려운, 딱 중간스러운 집이다.

역시 집은 사람의 취향을 담는 곳인가 보다.

눈 내리는 수풀집

주방에 앉아 눈 내리는 뒷마당을 바라본다. 주방 한쪽 면을 유리창으로
시공한 것은 아무리 생각해도 정말 잘한 결정이다.

나의 이직 이야기

이 집을 찾고 고치기 시작했을 때, 진지하게 퇴사를 고민했다. 지쳤고, 에너지가 없었다. 일을 좋아한다고 입버릇처럼 말했었는데, 막상 회사를 그만둔다고 생각하니 가장 먼저 떠오른 문제는 돈이었다. 당장 회사를 그만두면 수입이 '0'이 되니 무언가 다른 수입원이 있어야 했다. 처음엔 집을 고쳐 농어촌민박 같은 걸 하면 어떨까 생각했다. 혹시 모르니 농어촌민박 시설기준을 확인하고, 허가를 받을 수 있는 크기의 정화조를 설치했다. 여차하면 회사를 때려치우고 시골에 가 민박을 할 작정이었다.

공사를 마치고 처음 맞은 계절은 봄이었다. 민박은커녕, 나 하나 편히 머물 공간으로 유지하고 보수하는 것도 쉬운 일이 아니었다. 여름에는 주방이 물바다가 되고, 돌담이 무너지기도 했고, 가을에는 여름내 키워낸 작물들을 수확하고 월동 준비를 하느라 혼을 쏙 뺐다. 그런데 육체노동을 그렇게 하는데도 오히려 충전되는 기분이었다. 주말마다 보고 듣고 경험하는 모든 일이 새로운 에너지가 되어서인지, 마음도 더 단단해졌다.

봄, 여름, 가을을 지나 겨울이 되었다. 그때부턴 이상하게 서울로 돌아가는 일요일 밤이 싫지 않았다. 오히려 설렜다. 그때 알았다. 나는 일이 싫어진 게 아니라, 일이 보이지 않을 만큼 지쳐 있었을 뿐이라는 걸.

어느 날, 인테리어 앱 〈오늘의집〉 에디터로부터 메시지를 받았다. '온라인 집들이'라는 코너에 사진과 글로 우리 집을 소개해 보면 어떻겠냐는 제안이었다. 종종 사용하던 앱이기도 하고 내 집에 대한 콘텐츠를 만든다니 조금 신나기도 해서 단번에 수락했다. 그렇게 선뜻 하겠다는 답장을 보내고 나니 갑자기 강력한 야근 행진이 이어지기 시작했다. 결국 야근을 마친 늦은 밤 꾸벅꾸벅 졸면서 사진을 고르고 글을 썼다. 안 하면 안 했지 시작하면 대충이 안 되는 성격이라, 매일 다가오는 마감에 마음을 졸이며 한 자 한 자 적어 내려갔다.

드디어 졸린 눈을 비비며 쓴 온라인 집들이가 발행되었다. 휴대폰이 계속 울렸다. 누군가 '좋아요'를 눌렀고, 누군가 댓글을 남겼다는 알림들이었다. 기대 이상의 반응이어서 깜짝 놀랐다. 자신만의 공간을 찾고 만들어가기를 고민하는 사람들이 생각보다 정말 많았던 것이다. 사람들이 보낸 메시지와 댓글을 읽으면서 생각했다.

'패션 말고 이런 일을 하고 싶어! 공간에 관련된 일!'

그런 생각을 하며 이력서 파일을 꺼냈다 넣었다 할 때쯤이었다. 며칠 후 거짓말처럼 헤드헌터로부터 연락이 왔다. 얼마 전 내가 온라인 집들이를 발행한 회사에서 이커머스 관련 포지션을 채용한다는 것. '이건 운명이니까 무조건 지원해야지' 하는 생각은 의외로 잠깐이었다. 10년 가까이 패션 MD로 일하던 내가, 완전히 다른 분야에서 잘할 수 있을까 하는 걱정과 두려움이 컸기 때문이다. 게다가 지금 회사보다 직책도, 맡은 팀의 규모도 더 작아지는 포지션이었다.

고민 끝에 용기를 내어 첫발을 내디뎠다. 그리고 작년 5월, 시골에 자리잡은 지 딱 1년이 되던 달. 나는 새로운 분야, 새로운 회사로 첫 출근을 했다. 이제 와 하는 말이지만 어디에서 그런 용기가 났는지 모르겠다. 아마 시골집을 고쳐 살지 않았다면 내지 못했을 마음이다.

우리 회사는 직급이나 본명 대신 닉네임으로 서로를 부른다. 나는 이곳에서 '수풀 님'으로 불린다. 입사 전, 닉네임을 정해 회신해달라는 메일을 앞에 두고 한참을 고민했던 기억이 난다. 회사에서 닉네임이라니. 어떤 이름을 붙여도 불릴 때마다 어색할 것 같았다. 그럴듯한 단어를 한참 늘어놓다가 결국 시골집에 붙인 이름, '수풀사이로'의 앞글자를 따서 '수풀'이라고 정했다. 시골살이를 나누는 인스타그램을 통해 만나는 사람들 모두 나를 수풀이라고 부르고 있었으니, 회사에서 듣더라도 조금은 덜 간지러울 것 같았다. '수풀사이로'라는 나의 또 다른 자아가, 일의 세계로 확장되는 순간이었다.

이직한 지 1년이 넘은 지금, 일에 적응했음에도 불구하고 여전히 매일 새로운 경험을 하고 있다. 가끔은 익숙하고 확신에 차 있던 예전의 나를 그리워하기도 하지만. 그래도 당분간 농어촌민박은 안 하지 싶다. 정화조는 그냥 넉넉하게 쓰는 걸로!

눈길

수풀집에 도착한 금요일 밤. 아무도 밟지 않은 눈길을 걷는 행복을 누린다.

눈 내린 화단

겨울이면 키 작은 꽃으로 가득하던 화단도 포근한 눈 이불을 덮고 쉬어
간다.

겨울 산책

텃밭과 화단 일이 사라진 겨울의 산책은 어느 계절보다 여유롭다. 다른
계절보다 더 멀리, 더 긴 산책을 누린다.

다정도 연습하다 보면

금요일 자정에 가까운 시간. 나는 시골집 문 앞에 도착한다. 주말마다 이 자리를 떠나고 또 돌아오기를 반복하고 있지만, 매주 이 순간이 늘 반갑고 설렌다. 얼른 차에서 내려 살피고픈 것들이 많지만 그래도 느릿느릿 주차를 한다. 밤눈이 어두운 편이기도 하고, 시골의 밤은 정말 까맣기 때문이다. 빌딩과 간판의 불빛이 없는 오롯한 밤은 이렇게나 캄캄한 것이었다. 주차하느라 핸들을 이리저리 꺾으니 헤드라이트 불빛이 앞집과 옆집 텃밭에 쏟아진다. 깊은 밤, 곤히 자던 텃밭을 깨운 기분이다. 누군가 잠든 침실에 예고 없이 불을 켠 것마냥 미안하고 민망한 마음으로 핸들을 돌리며 조심스럽게 후진한다. 그런데 뭔가 평소 같지 않은 느낌이다. 이쯤에서 한 번 '덜컹' 해야 하는데. 예상과 달리 매끄럽게 지나간다. 이상하다.

우리 집 앞 주차 공간과 마을길 사이에는 야트막한 턱이 있다. 마을길은 아스팔트로 포장되어 있는데, 그 길과 접한 집 앞 터는 흙으로 되어 있다 보니 자연스레 단차가 생겼다. 그래서 항상 차가 드나들 때면 '쿵' 하는 소리가 나곤 했다. 다음 날 살펴보니, 움푹 파여 있던 곳이 차바퀴가 매끄럽게 지나갈 수 있도록 단단히 메워져 있었다. 누군가의 손길이 다녀간 모양이다. 누굴까. 어떤 이의 다정함일까.

모든 사람이 '다정파'와 '안 다정파' 중 꼭 하나의 그룹에 속해야 한다면, 확실히 나는 '안 다정파'에 속할 것이다. 만약 이 분류작 업을 모든 사람에게 해야 한다면 꽤 고달플 것 같다. 감정이란 모 두 상대적이라지만 그중에서도 다정만큼 애매한 감정이 또 있을 까. 그럼에도 이 사람은 확실히 다정파야, 싶은 사람들이 떠오른 다. 내가 다정파로 분류해놓은 이들은 어떤 장면이나 순간으로 기억되는 게 아니다. 그 사람에게서 온 말, 글, 행동의 자연스러 운 흐름이 마음에 남는다. 잔잔히 퍼져나가는 물결처럼.

내가 생각하는 다정이란, 되돌려받기를 바라지 않고 기꺼이 베 푸는 마음이다. 그런데 나는 꼭 해내야 하는 일조차 버겁고, 대가 를 바라고 하는 일도 겨우 해낸다. 그러니까 다정의 영역까지는 애쓰지 않기로 한 것이다. 그러기엔 내 마음이 너무 바쁘다는 핑 계를 대는 것이다.

그런데 이 조용한 시골 마을이 자꾸 나를 들여다본다. 부족한 것 이 있으면 채워주고, 서툰 것이 있으면 하나씩 일러준다. 따뜻하 지만 뜨겁지는 않다. 적당한 거리에서 거친 손이 내 어깨를 툭툭 두드리듯 투박한 다정이다.

잠결에 경운기 소리가 들린다. 창밖을 내다보니 아직 해도 뜨지 않은 새벽 어스름이다. 옆집 어르신이 벌써 밭일에 나서시는 모

양이다. 아마 지금부터 해질녘까지 바삐 일하시겠지. 옆집 어르
신은 수백 평의 땅에 휴일 없이 농사를 짓고, 가족을 돌본다. 그
리고 어느 날 이 마을에 굴러들어온 이방인까지 잊지 않고 챙기
신다.

자기 몫의 하루가 버겁지 않은 사람이 있을까. 늘 마음이 여유로
워 다른 이를 도닥이는 사람이 얼마나 될까. 나도 자꾸만 안으로,
안으로만 향하는 시선을 밖으로 옮겨보기로 한다.

나의 서툰 다정도 누군가에게 잔잔히 닿기를 바라면서. 내가 아
닌 누군가에게, 무언가에게.

수풀집 밥상

SNS에 시골집에서 해 먹는 밥상을 올리면, 어쩜 그렇게 잘 해 먹
느냐는 칭찬을 종종 듣는다. 그럴 땐 평일의 내가 떠올라서 한없
이 부끄럽다.

평일에는 사 먹는 밥, 배달 음식, 쫓기듯 바삐 먹는 밥으로 가득
한 한 주를 보내는 일이 많다. 사실 이번 주에 내 손으로 만들어
먹은 음식이라곤 모닝커피뿐이다. (모닝커피도 음식으로 쳐준다면 말
이다.) 이렇게 정신없는 한 주를 보내고 수풀집에 도착하면, 정성
들여 무언가 해 먹자고 다짐한다.

그렇지만 잠이 덜 깬 주말 아침엔 간편한 배달 음식이 그리워진
다. 터치 몇 번이면 금세 도착하는 조리된 음식들. 푸짐하고 때깔
도 좋다. 주변에 배달 가능한 곳이 없다는 걸 알면서도, 우리가
어떤 민족이냐고 묻던 배달 앱을 실행해본다. 너무나 예상했던
화면. 근처에 주문할 수 있는 가게가 없다는 작은 메시지와 함께
단호한 글자 하나를 큼지막하게 보여준다. "텅~" 그제야 이불
을 박차고 일어난다.

수풀집에서는 한두 개의 제철 재료로 소박한 요리를 한다. 있어도 되고 없어도 그만인 재료는 과감히 생략한다. 차를 타고 슈퍼까지 갈 자신이 없기 때문이다. 찬찬히 냉장고와 선반을 한 번 훑고, 마당 창고와 텃밭을 순회하며 가능한 재료만 획득한다.

#표고버섯밥

요즘 빠져 있는 메뉴는 '표고버섯밥'이다. 밥솥에 쌀을 씻고 물을 넣어 취사를 누르기 전, 표고버섯을 적당한 크기로 썰어 넣는다. 귀찮아서, 빨리 먹고 싶다는 이유로 쌀도 미리 불리지 않는다. '백미 쾌속'을 누르고 밥이 될 때까지 기다린다. 밥이 다 되기를 기다리는 동안 양념장을 휘리릭 만든다. 간장 두 순가락, 설탕 반 순가락, 다진 마늘 반 순가락에 깨, 참기름, 고춧가루를 조금씩 넣고 파나 고추를 송송 썰어 넣는다. 고추가 없으면 빼고, 부추가 있으면 넣고, 대파가 없으면 쪽파를 넣고 그런 식이다. 밥솥이 증기 배출을 시작하면 이미 온 집 안에 표고버섯 향이 가득하다. 요즘 푹 빠져버린 메뉴.

#감자수프

작은 감자 두 개를 얇게 썰어 물을 붓고 삶는다. 감자가 삶아질 동안 다른 냄비에 양파 3분의 1개와 버터를 넣고 살살 볶는다. 양파가 갈색으로 바뀔 때쯤 삶아둔 감자를 넣고 잘 섞는다. 원하는 농도만큼 우유를 넣고 (생크림을 넣으면 좋지만 수풀집에는 항상 없다.) 소금 간을 살짝 한다. 블렌더로 부드럽게 갈아낸 후 다시 한번 냄비에서 데우듯 끓여주면 완성이다. 혹시 파슬리 가루나 체다치즈가 있다면 더 행복해질 수 있다. 쌀쌀한 아침에 가장 잘 어울리는 메뉴다.

#무밥

무 하나만 있으면 뚝딱 만드는 무밥도 밥상에 자주 오른다. 쌀을 씻어 밥솥에 넣고 채 썬 무를 얹는다. 밥물은 쌀밥을 할 때보다 조금 적게 넣는다. 무에서 수분이 나오기 때문이다. 무는 너무 얇지 않게 썰어야 식감도 좋고, 그릇에 담을 때 으스러지지 않는다. 무는 초록색을 띠는 무의 이마

(무청이 달린 쪽)로 갈수록 단맛이 강해서 이 부분을 주로 사용한다. 취사를 눌러놓고 양념장을 만든다. 표고버섯밥 양념장과 동일하다. 간장 두 숟가락, 설탕 반 숟가락, 다진 마늘 반 숟가락을 넣어 만드는데, 여기에 파나 청양고추, 참기름도 취향껏 넣는다. 추운 날 지어먹는 무밥은 유난히 달큰하다.

밥상을 차려놓고 인증 샷을 찍는다. 어떤 멋진 식당의 식사보다 충만한 밥상이니까, 자랑할 만하다.

난로가 좋아지는 계절

시골집, 특히 한옥은 도시의 주택들에 비하면 추운 편이다. 아침에는 얼굴에 닿는 차가운 공기를 느끼며 잠에서 깬다. 한참 동안 이불 속에서 사부작거리다. 마침 잠에서 깬 소망이를 앞세워 주방으로 들어선다. 소망이 앞에 난로부터 먼저 틀어주고 전기포트에 물을 끓인다. 수풀집의 겨울 아침.

김장독

수풀집은 주방이 작아서 소형 냉장고를 사용한다. 그래서 냉장고 안에 큰 김치통을 넣을 수 없고, 땅속에 장독을 묻어 천연 김치냉장고로 쓰고 있다. 김치를 꺼내러 갈 때마다 손이 시린 것을 감수해야 하지만, 더 아삭한 김치 맛이 난다(고 믿는다).

알겠어, 알겠어
: 타샤 튜더로부터

우연히 〈타샤 튜더〉라는 영화를 보게 되었다. '타샤 튜더'라는 인물의 삶과 라이프스타일을 다룬 다큐멘터리 형식의 영화였다. 그는 『소공녀』, 『비밀의 화원』 같은 책의 삽화를 그린 미국의 동화작가이자 삽화가다. 나도 어릴 적 타샤 튜더가 그린 동화책을 보았을 것이다.

타샤는 그림으로도 유명하지만, 직접 가꾼 정원과 자연주의적 삶으로 더욱 알려져 있다. 50대 중반을 훌쩍 넘겼을 때, 30년간 모은 인세로 버몬트에 땅을 사서 옛날식으로 집을 지었다고 한다. 그리고 다시 30년에 걸쳐 집을 둘러싼 정원을 가꿨다. 영화에는 촬영 당시 91세였던 타샤가 직접 출연했다. (타샤 튜더는 2008년에 고인이 되었다.)

100분이 넘는 상영시간 동안 카메라의 앵글은 타샤의 집과 정원을 벗어나지 않는다. 출연진도 타샤 튜더와 반려동물 '메기', 수탉과 비둘기 같은 동물 친구들, 잠시 나오는 가족이 전부다. 그런데도 다른 어떤 영화보다 강력한 영감과 메시지를 주었다.

천천히 그리고 고요히, 그는 자신만의 속도와 방식으로 살아간다. 너른 정원을 돌보고, 스토브로 아주 느리게 요리를 한다. 동물들을 돌보고 자연에 가까운 방식으로 살림살이를 꾸려간다. 그리고 자연의 힘을 믿고 인내한다. 무엇보다 자신이 원하는 것을 알고 원하는 대로 살기 위해 험난한 삶을 개척하는 강인함을 가졌다.

허리가 굽고 야윈, 스스로 사교성이 없다고 말하는 아흔이 넘은 노인은 하고 싶은 일이 많다고 했다. 나는 그 얼굴에서 감히 비교할 수 없는 단단함과 반짝임을 보았다.

"그 돈으로 수도권에 갭 투자를 하는 게 낫지 않아? 경매나 주식도 좋고."

"평일에는 비워두는 거야? 놀리지 말고 에어비앤비 해보는 거 어때."

"처음에야 좋지. 나중엔 힘들걸. 내 주변에도 시골집 샀다가 금방 다시 팔고 그런 사람들 많아."

시골집을 고쳐 주말 귀촌을 시작한 후, 종종 이런 이야길 듣곤 한다. 돈 욕심이 없는 것도, 넘치는 여유가 있는 것도 아니다. 다만 지금 나에게 무엇이 가장 필요한지 깊이 고민했을 뿐이다. 나에게는 지금 이 집과 이 생활이 가장 필요하다.

처음에는 이런 내 생각을 피력하려고 애쓰기도 했다. 하지만 이런 충고는 대부분 답을 기대하는 게 아니란 걸 자연스레 알게 되었다. 게다가 나는 아직 타샤와 같은 단단함이 없기에 이런 말을 듣고 온 날에는 마음의 파장이 꽤 크다.

영화에서 타샤 튜더는 망설임 없이 "나는 행복한 사람"이라 말했다. 자연 속 수많은 존재와 순간들을 음미하며 원하는 대로 살았고, 그 모든 순간을 충실히 즐겼다고. 그러니 행복한 사람이라고. 사람들은 그런 타샤에게 충고의 말을 건네곤 했다. 각자 자신이 옳다고 믿는 삶의 방식을 권해준 것이다. 그러면 타샤는 "알겠어, 알겠어" 대답하고는, 못 들은 척 원래 하고 싶은 대로 살았단다. 장난기 어린 웃음을 띠며 그 말을 하는 타샤 튜더의 얼굴이 화면에 비쳤다. 순간, 알았다. 내게도 이 말이 필요했다는 걸.

요즘도 나는 종종 말한다.
"알겠어, 알겠어."

겨울을 나는 양파밭 그리고 양파밭 손님들

밤사이 눈이 내린 날은, 눈뜨자마자 텃밭 순찰부터 나간다. 그런데 나보다 먼저 순찰을 다녀간 분들이 있나 보다. 눈 내린 양파밭에 찍힌 귀여운 마당고양이들의 발자국.

남천의 계절

수풀집 마당 화단의 남천. 남천은 꽃과 열매가 무성한 나무들 사이에서 있는 듯 없는 듯 고요히 지낸다. 그러다 추위가 시작되어 다른 나무의 잎과 열매가 지고 나면 그제야 빨갛게 존재감을 나타낸다. 오늘처럼 눈 내린 날에는 붉은 동시에 반짝반짝 빛이 나기도 한다.

미정으로 두는 것들

신문사와 인터뷰를 한 적이 있다. 주말 귀촌의 계기와 의미를 다룬 인터뷰였는데 후에 확인해보니 내 의도와 달리 기사 제목이 꽤 자극적으로 나갔다. 주말 귀촌이 마치 나의 새로운 취미 생활인 것처럼 느껴지게 하는 제목이었다. 기사 내용도 그랬다. 안한 말을 터무니없이 쓴 것은 아니지만, 실제 내가 한 말과는 묘하게 핀트가 어긋나 있었다. 기사는 포털사이트 메인에 걸렸고, 그날 나는 댓글로 수많은 조롱과 비아냥을 들었다. 부모 잘 만나 돈지랄을 한다, 회사에선 '월급 루팡'이라 기운이 남아돌아 그러는 거다, 재테크를 몰라서 그렇지 나중에 평생 후회한다, 같은 내용이 주를 이뤘다. 댓글 하나하나에 구구절절 설명하고 싶은 마음이 차고 넘쳤지만 더이상 댓글을 보지 않는 게 더 나은 방법 같았다. 그리고 다음부터는 인터뷰 같은 건 절대 하지 않으리라 다짐하고 이 일은 그냥 잊기로 했다.

"서울집이랑 시골집, 두 집 살림하는 거 힘들지 않으세요?"
"주말에 왕복 다섯 시간을 운전하는 건 너무 고되지 않나요?"
"30대면 한참 벌고 모아야 할 나이인데 집이 두 채나 있으니, 주거비가 너무 많이 들지 않나요?"

평상시에 주로 받는 질문이다. 인터넷 댓글처럼 일방적인 소통이 아니므로 이럴 땐 충분히 대답한다. 두 집 살림은 확실히 손이 더 많이 가긴 하지만, 항상 필요한 것들에서 조금 더하거나 빼는 일이라 힘들지는 않다고. 피곤한 날도 있지만, 운전하는 동안 일주일의 생각을 정리할 수 있어 좋다고. 집이 두 곳이니 당연히 비용이 더 들지만, 삶의 방식이 바뀌고 다른 소비가 거의 없어져서 총지출은 사실 더 줄었다고. 무엇보다 그런 품이 들어도 아깝지 않을 것들을 보고 듣고 느끼고 있다고.

하지만 내가 선뜻 답하지 못하는 질문도 있다. "그럼 나중에는 시골에 가서 살 건가요?"라는 질문이다. 시골 폐가를 고치겠다고 나서던 때부터 지금까지 줄곧 들어온 질문이기도 하다. 처음엔 당연히 "예스"였다. 돈만 해결된다면 서울살이에 미련이 없었다. 회사와 일, 서울을 중심으로 뻗어 있는 복잡하고 힘든 관계들을 포함해서 말이다. 하지만 지금은, 한참 망설이다가 "잘 모르겠어요"라고 답한다. 지금처럼 서울과 시골을 계속 오갈지, 언젠가는 시골에 아예 자리잡게 될지, 아니면 언젠가는 시골살이를 마치고 완전히 서울로 돌아가 살게 될지 아직 잘 모르겠다.

시골집을 찾기 시작했을 때, 나는 계획할 수 있는 모든 것을 계획했다. 그렇지만 모든 게 계획대로 흘러가진 않았다. 생각도 못 한 사건 사고가 하루에도 몇 번씩 일어났다. 그렇지만 동시에 생각지도 못한 멋진 일들도 일어났다.
지금만 해도 그렇다. 퇴근 후 컴퓨터 앞에 앉아 책으로 만들어질 글을 한 자 한 자 적고 있다니!

아마 앞으로도 그럴 것이다. 더 열심히, 촘촘히 준비한다고 삶이 내 계획대로 흘러가진 않을 것이다. 그렇지만 미래의 나는 선택지가 있을 것이다. '아마도 쭉 이대로 살겠지'가 아니라 '이렇게도 살 수 있고 저렇게도 살 수 있는데 나는 이 삶을 택할 거야' 하는 선택지가.

새해 떡국

올해의 떡국과, 작년의 떡국. 새해 첫날, 늦잠을 자고 일어나 떡국을 끓여 먹는다. 새해에도 무리하지 않고 자연스럽게, 나만의 속도로 흘러가자고 다짐하면서.

춥기만 하다고 생각했던 겨울이, 언젠가부터 고요하고 평화롭게 느껴졌다. 겨울만이 주는 평온함이 있다. 눈부신 봄, 활기찬 여름, 넉넉한 가을을 지나 마지막으로 겨울에 도착하는 이유일 것이다.

모든 계절에는 각각의 이유가 있다.

다시, 사계절

시골집은 3년은 돼야 집이라 부를 만해지고, 시골살이 10년 차는 아직 외지인이란 말이 있다. 그런데 이제 겨우 3년 차인 내가, 시골집 이야기를 책으로 엮어도 될까. 원고를 쓰는 내내 수많은 물음표가 딸려왔다.

'이렇게 솔직하게 써도 되나?'
'이런 에피소드들은 빼는 게 좋지 않을까?'

영화 〈리틀 포레스트〉 같은 시골살이를 기대하셨을 텐데, 다큐멘터리 같은 이야기가 나오면 안 될 것 같았다. 그렇지만 그 물음들에 솔직하게 답하고자 했다. 책에는 내가 만난 시골과 시골집, 자연과 사계절을 멋들어지지는 않더라도 있는 그대로 펼쳐놓았다.

사실 시골집살이는 불편한 일투성이고, 때맞춰 해야 하는 일들이 넘쳐난다. 봄에는 겨울을 나느라 고생한 집 안팎을 살피느라 바쁘고, 여름에는 온갖 벌레와 잡초가 창궐한다. 키우는 작물보다 잡초가 더 빨리 자라서 주말 대부분을 잡초 뽑는 데 써야 할 정도다. 가을에는 수확에, 김장에, 월동 준비에 쉴 틈이 없다. 그리고 시골집의 겨울은 춥고, 춥고, 춥다.

그럼에도 결국 나는 모든 계절과 계절 속 일들을 사랑하게 되었다. 눈부시게 다가왔다가 아쉬움을 남기고 떠나가는 봄. 기운찬 초록으로 와서 열매를 툭 안기고 가는 여름. 시골집의 창고를, 마음을 가득 채워주는 가을. 나를 보듬고 키워주는 겨울.

그 계절들을 놓치지 않고 기록할 수 있게 해준 김보희 편집자님, 이화령 편집자님께 감사를 전한다. 이 책에 가장 많이 언급한 앞집 할머니 김채순 여사님과 내게 마음을 내어주신 마을의 모든 어르신께도 감사하다. 마지막으로 언제나 나의 비빌 언덕이 되어주는 소연 언니, 지인 언니, 유미에게도 고마움을 전하고 싶다.

이 글을 쓰고 있는 지금은 일요일 오후다. 월요일인 내일부턴 서울로 돌아가 출근을 할 것이다. 그리고 금요일이 되면 다시 돌아와 시골 사람이 될 것이다. 누군가는 이렇게 사는 것을 멋지다고 하고, 누군가는 헛되다고 한다. 전에는 그런 말에 마음의 평온이 쉽게 깨어지곤 했다. 그러나 지금은 이렇게 말할 수 있다. 멋질 수도 헛될 수도 있지만, 나는 지금 여기서 행복하다고. 그리고 내일이, 다음 계절이 무척이나 기대된다고.

〔편지〕　　　　　시골집 찾고 고치는 당신에게

시골집을 찾고 있는 당신에게

언젠가는, 이라는 말은 참 신기하다. 전혀 나아가고 있지 않은데 꾸준히 전진하고 있다는 이상한 안도감을 준달까. 훌쩍 가까워지게 했다가도 어느 순간 다시 멀어지게 만드는 말이다. 나는입버릇 같던 '언젠가는 시골집에 살 거야'에서 '언젠가는'이라는 말을 빼버리기로 했다. 그러고는 곧장 시골집을 찾아 나섰다. 3년 전 초여름이었다.

시골집을 어디에서 어떻게 찾아야 할지 몰랐던 나는, 인터넷 검색창에 '시골집 매매', '농가 주택 매매' 같은 단어들을 하나씩 검색해봤다. 신기하게도 전국 각지에서 시골집을 판다는 글이 꽤올라와 있었다. 그 집들을 하나씩 살펴보는 것부터 시작했다. 부동산에서 운영하는 블로그나 유튜브도 있었고, 집을 팔려는 사람들이 관련 커뮤니티(귀촌 카페)에 직접 글을 올리기도 해서 시골집 매물을 찾는 게 생각만큼 어렵지 않았다.

보통 집을 매매할 때는 후보 지역을 정하고 지역을 좁혀가면서보는 것이 좋다고 한다. 하지만 나는 '서울에서 얼마나 걸리는지'만 중요했고 그게 꼭 어느 지역인지는 크게 중요하지 않았다. 그보다 집의 형태나 주변 환경이 더 중요했기 때문에 마음에 드는 집이 있으면 지역에 상관없이 보러 다녔다. 그렇다고 조건이 아예 없는 것은 아니었다. 내가 초기에 고려한 조건은 세 가지였다.

1. 나 홀로 주택일 것.
2. 시골 정취가 묻어 있는 구옥일 것.
3. 서울에서 편도 두 시간 이내의 거리일 것.
그리고 이 모든 조건은 매매가 5천만 원 이내라는 전제가 붙었다.

위의 세 가지 조건 중 두 가지만 만족하면 집을 보러 갔다. 마음에 드는 집을 발견할 때마다 보러 가면 좋겠지만 나는 평일에는 출근을 해야 하는 직장인이다. 그래서 특정 지역에 마음에 드는 집을 발견하면, 그 지역의 다른 매물들을 몇 개 더 찾아서 주말에 한꺼번에 보는 식으로 방향을 잡았다.
지역 부동산에 연락해서 비슷한 집들을 더 알아봐줄 수 있는지 확인하고 약속을 잡았다. 매매가가 내가 생각한 범위를 초과하더라도 일단은 보러 갔다. 부동산은 정찰제가 아니니까 왠지 협의가 가능하지 않을까 싶기도 했고, 무엇 때문에 집값이 비싼지도 알아두면 좋을 것 같았기 때문이다.

초여름에 시작한 시골집 찾기는 가을에도 계속되었다. 그사이 경기, 강원, 충청의 여러 지역을 직접 다녀오면서 나의 기준은 자연스럽게 수정되고 좁혀졌다.

수정 1. 나 홀로 주택 → 옆집과 너무 붙어 있거나 아주 큰 마을에 속한 집이 아닐 것

처음 시골집을 사겠다고 마음먹었을 때 1순위로 고려한 집은 '나 홀로 주택'이었다. 한적한 시골길을 달리다 보면 언덕 위에 홀로 우뚝 서 있는 집 말이다. 다른 집들과 이웃하지 않은 집. 이런 집을 '나 홀로 (전원)주택'이라 부른다. 관계의 홍수에서 도망쳐 주말 시골살이를 선택했는데 시골에서 새로운 관계를 만드느라 또 애쓰고 싶지 않았다. 그러니까 나에게 가장 잘 맞는 집은 나 홀로 주택이 아닐까 생각했다.

나 홀로 주택은 보통 큰 평수가 많아서 200평 이하의 매매 건을 찾기가 정말 어려웠다. 규모가 크다 보니 내 예산의 서너 배를 아주 쉽게 초과했고, (불가능할 것 같지만) 무리해서 집을 산다고 해도 수백 평대의 집을 관리하며 살 자신이 없었다. 알아보니 나 홀로 주택은 상하수도, 전기 등 공사 과정에서 고려할 것이 많았고 공사가 끝난 후에도 마을에 속한 집보다 신경 쓸 것이 많았다. 마을의 인프라를 사용할 수 없으니 당연한 일이다. 그래서 차선책으로 마을 맨 끝 집을 찾아보기로 했다.
그런데 맨 끝 집마저도 적당한 곳이 없었다. 괜찮다 싶으면 맹지(도로와 맞닿은 부분이 전혀 없는 토지)이거나 가까운 곳에 축사나 공장이 있었다.

시골집을 하나둘씩 둘러보면서 자연스럽게 내가 찾는 시골집의 조건이 구체화되었다. 나 홀로 주택도 마을 맨 끝 집도 아니었다.

이웃한 집과 적당한 거리가 있는 집. 아주 큰 마을에 속하지 않고, 다른 집에 둘러싸이지 않은 집. 작은 텃밭을 가꿀 수 있는 아담한 마당이 있는 집. 그런 집을 찾고 싶어졌다.

수정 2. 시골 정취가 묻어 있는 구옥일 것 + 골조가 튼튼하고 툇마루가 있는 집

"목적지 부근입니다. 안내를 종료합니다."
내비게이션은 일방적으로 안내를 종료해버렸는데 집은 어디에도 보이지 않았다. 길이 점점 좁아지는 게 차로는 더 갈 수 없을 것 같았다. 이번 집은 부동산 사장님께 내가 원하는 조건을 몇 번이나 강조하고 소개받은 집이었다. 한옥의 구조와 형태를 유지하고 있는 집. 새시(샷시) 공사나 지붕 개량을 하지 않은 집. 소박한 마당이 있는 집. 어릴 적 외할머니와 살았던 집과 비슷한 집.
차를 세워두고 좁은 길을 따라 걷다 보니, 언덕 위에 작은 흙집 하나가 보인다. 집이라고 불러도 될까 싶게 지붕은 누덕누덕하고 담장은 이가 빠진 오래된 집이었다. 담장에 희미하게 남은 번지수를 보니, 부동산에서 일러준 집이 맞다. 주변에는 멋대로 자라난 풀들이 무성했다. 어디까지가 마당이고 어디부터가 집 밖인지 가늠하기 어려웠다. 일단 집부터 보자 싶어서 내 키만 한 풀들을 헤치며 집 앞에 섰다. 잠깐 사이 다리는 모기 밥이 되었고, 머리 위엔 처마 아래 벌집에서 나온 벌들이 위협적으로 웽웽거리고 있었다.

모기와 벌들의 환대(?)를 받으며 집 안에 들어서자, 집 구경이 아

니라 흉가 체험이 더 적절한 표현 아닐까 싶은 풍경이 나를 맞았다. 게다가 한쪽은 천장이 통째로 사라진 상태였는데, 부러지고 남은 앙상한 서까래 사이로 뒷마당에 있는 나무 이파리가 흔들리는 게 그대로 보였다. 흙벽은 통째로 없거나 군데군데 무너졌거나 했다. 벽은 없어도 상관없지만, 리모델링 공사를 하려면 뼈대는 튼튼해야 한다. 집의 골조를 살릴 수 없으면 멀리까지 와 구옥을 찾은 보람이 없을 뿐 아니라, 철거 후 신축을 해야 하기 때문에 오히려 비용이 더 들 수 있다. 아무래도 이 집은 안 될 것 같았다.

내 예산으로 구할 수 있는 집은 이 정도가 최선인가 싶어 씁쓸해졌다. 오늘도 멀리까지 헛걸음했구나 싶어 툇마루에 털썩 앉았을 때, 어디선가 시원한 바람이 휙 불어왔다. 그 순간이 참 좋았다. 날 좋은 날, 툇마루에 앉아 막걸리 한잔하면 얼마나 좋을까. 그때 결정했다. 꼭 툇마루가 있는 집을 찾아야겠다고.

수정 3. 서울에서 편도 두 시간 이내의 거리 → 서울에서 두세 시간 이내의 거리

"실제 한옥의 서까래를 가져다 올렸고요. 전통 창호로 마감했어요. 뒤쪽에는 아궁이도 앉혔고요."
실제 한옥에서 나온 고재를 가져와, 최근 다시 한옥 형태로 올 리모델링을 했다는 사장님의 설명이 이어졌다. 마음에 쏙 드는 고즈넉한 한옥의 모습이다. 마음에 들지 않는 것은 오직 가격뿐이었다. 고려해볼 여지가 없을 만큼 예산 초과라서 아쉬운 마음으로 발걸음을 돌렸다.

차를 타고 돌아오는 길에 곰곰이 생각해보았다. 그렇게 비싸지 않았거나 돈이 충분했으면 내가 저 집을 샀을까, 하고. 그런 걸 뭐하러 생각하냐 싶으면서도 계속 생각하게 됐다. 의외로 내 답은 "No"였다. 생각해보니 나는 누군가의 취향대로 멋지게 꾸며진 시골집을 갖고 싶었던 게 아니었다. 자연스럽게 낡은 것들이 주는 편안함과 나의 필요를 담은 시골집을 갖고 싶었다. 그리고 집을 고치는 과정 속에도 내가 있었으면 했다.

이즈음에 고려했던 지역은 경기도 양평, 강원도 횡성, 평창, 원주 등 서울에서 가까운 지역이었다. 서울에서 가깝고 주말 주택이 활성화된 지역이라 예상했던 것보다 매매가가 훨씬 높았다. 게다가 수요가 많아 이미 전원주택이나 타운하우스로 한 차례 개발이 완료된 상태. 시골 정취가 묻어나는 구옥들은 찾기 힘들었다.

고민 끝에 나는 서울에서 더 멀어지기로 결정했다. 세월을 간직한 작은 시골집을 찾으려면 별수 없다. 그러다 보니 점점 남으로 남으로 향하게 되었고, 결국 충청남도 금산까지 이르게 된 것이다.

'지금부터 이 집을 고쳐서 살 거야.'

사람이 살지 않은 지 꽤 오래된 듯한 폐가, 마당에는 수풀이 무성했고 군데군데 폐기물이 가득했다. 흙으로 된 벽면의 일부는 무너져 있었고 지붕은 발암물질이라는 석면 슬레이트였다. 그렇지만 나의 세 가지 조건 모두를 충족했다.(예산은 조금 오버했다.) 낡고 허름하긴 했지만, 한눈에 보기에도 기본 골조가 튼튼한 집이었다.

친구들은 귀신의 집 같다며 절레절레했지만, 나는 이상하게 이 집이면 되겠다는 생각이 들었다. 다른 집을 보러 갔을 땐 집을 어떻게 고치면 좋을지가 영 떠오르지 않았는데, 이 집은 달랐다. 들어서는 순간, 어떻게 고치면 좋을지가 명확하게 그려졌다. 지금 보고 있는 이 장면이 Before라면, 지금 바로 After를 이어 붙일 수 있을 것 같았다. 아마도 내가 오랫동안 상상해왔던 시골집의 모습과 꽤 가까웠던 게 아닐까 싶다.

서울에서 두 시간 반을 달리면 도착하는 집. 자그마한 마을길을 사이에 두고 옆집과 앞집이랑 마주한 집. 작은 툇마루와 함께 세월의 흔적을 그대로 간직한 집. 결국 이 집이 나의 집이 되었다.

나의 작은 시골집.
나의 주말 집.

p.s.
결정 전에 확인할 것들

시골집 찾기, 무엇부터 시작하면 좋을지 고민하고 있나요? 모든 일의 시작은 '검색' 아닐까요. 너무 당연해서 별 도움이 안 될 것 같지만 부동산, 특히 시골집 매매에 대한 배경지식이 없었던 제게는 꼭 필요했던 과정이었어요. 인터넷 검색창에 시골집 매매, 농가 주택 매매, 혹은 '지역명 + 시골집 매매'라고 검색하면 나오는 글들을 며칠 내내 읽고 또 읽었어요. 시골집 매매 글, 매매 후기, 노하우 글, 관련 카페 게시글까지 가리지 않고요.

그러다 보니 전에는 전혀 몰랐던 부동산 관련 용어와 배경지식들을 자연스럽게 익힐 수 있었어요. 중요한 용어인 것 같은데 이해가 되지 않는 단어나 내용은 검색을 통해 가볍게라도 알아두려고 했고요. 그리고 매매 글에 많이 달리는 질문 댓글들은 따로 메모해두었습니다. 실제 집을 보러 가면 저도 그 질문들을 확인해보기 위해서요. 그러면서 자연스럽게 실제 집을 매매할 때 어떤 부분을 명확하게 체크해야 하는지 점차 알게되었던 것 같아요.

반복해서 등장하는 사이트나 커뮤니티가 있으면 즐겨찾기도 해두었어요. 그중 〈지성아빠의 나눔세상〉이라는 네이버 카페는 시골집 매매와 수리 정보를 많이 나눌 수 있는 귀농·귀촌 생활에 관한 카페인데요. 현재까지도 많은 도움을 받고 있습니다.

무엇보다 다양한 시골집 매물을 반복해서 보니, '이 지역의 이 정도 조건은 시세가 이렇구나' 하는 걸 대략적으로 알 수 있었어요. (실제 시골집 상태나 입지에 따라 비슷한 지역과 평수더라도 실거래 시세는 다를 수 있어요. 팔고 싶은 가격과 매매되는 가격의 차이도 무시할 수 없고요. 인터넷으로 확인하는 시세는 참고만

하는 게 좋습니다.)

당장 매매를 할 건 아니지만, 어떤 시골집들이 있는지 보고 싶다면, 요즘은 부동산에서 운영하는 유튜브 채널이 많아요. 실제 매물을 빠르게 업로드하고 다양한 정보를 영상으로 소개해주거든요. 드론 영상으로 토지 경계나 입지까지 상세하게 설명해주는데요. 후보 지역이 너무 많고 내가 어떤 집을 원하는지 잘 모를 때 큰 도움을 받았어요. 물리적인 시간도 절약되고요.

염두에 둔 지역의 매물을 자주 올리는 부동산 채널이 있다면, 미리 부동산 연락처를 알아두는 기회가 되기도 해요. 저도 몇몇 집은 유튜브를 통해 알게 된 부동산에서 소개받았답니다. 예전에 본 영상의 매물이 이미 거래 완료된 상태이더라도, 영상에 기재된 매물 번호를 메모해두세요. 비슷한 매물을 소개받을 수도 있고, 중개업자에게 내가 원하는 집의 형태나 조건을 쉽게 알릴 수 있는 방법이에요.

마음에 드는 시골집을 찾았을 때 꼭 확인해야 할 체크리스트

휴대폰 하나를 바꿀 때도 스펙, 최저가, 통신사 혜택 등 다양한 항목을 고려해야 하잖아요. 하물며 집은 어떻겠어요. 고려해야 할 사항도 많은데 시골집은 규격화되어 있지도 않죠. 그래서 고민 끝에 나름의 체크리스트를 만들었습니다. 인터넷에 '시골집 매매 체크리스트'나 '농가 주택 매매 체크리스트'라고 검색하면 다른 분들이 만든 체크리스트도 찾을 수 있어요. 참고해서 나만의 체크리스트를 만들어보세요.

☞ **지목이 '대'인가?**
　토지대장이나 등기부 등본에 지목(땅의 용도)이 주거 건축물 등을 세울 수 있는 '대'로 기록된 곳이어야 집을 지을 수 있어요. 물론 농지를 뜻하는 '전'으로 표기되어 있어도 매매 후 변경이 가능하지만, 별도의 비용이 들어갑니다. 집의 지번(정확한 주소)을 알고 있다면 '토지이음(www. eum.go.kr)'이라는 사이트에서 정보를 확인할 수 있어요.

☞ 지적도상 인접한 도로가 있는 집인가?

도로와 맞닿은 부분이 전혀 없는 토지를 '맹지'라고 하는데요. 한마디로, 남의 땅으로 둘러싸여 통행이 불가능한 땅을 말해요. 답사할 때는 길도 나 있고 차가 오가서 맹지가 아닌 줄 알았는데 알고 보니 맹지인 경우도 있답니다. 나중에 통행에 문제가 생길 수 있으니 꼭 지적도(토지의 소재, 지번, 지목, 경계 따위를 나타내기 위하여 국가에서 만든 평면 지도)상에서 확인해보셔야 해요.

☞ 등기가 있는 집인가?

도시에서 집을 구할 때는 미등기 집이 있다는 생각 자체를 해보지 않았는데요. 시골집 중에는 등기를 하지 않은 집도 있답니다. 저도 땅은 등기가 있는데 건물에 대한 등기가 없는 집을 소개받은 적이 있어요. 부동산을 통해 거래하는 경우에는 미리 등기 여부를 알려주는데요. 한참을 살펴보고 마음에 든 후 미등기 집이라는 걸 알게 되면 진이 빠지더라고요. 먼저 체크해보는 것이 좋아요.

☞ 지상권 주택이 아닌가?

토지와 건물의 소유주가 동일한지 살펴봐야 해요. '지상권'은 타인의 토지에 건물, 기타의 공작물이나 수목을 소유하기 위하여 그 토지를 사용할 수 있는 물권을 뜻해요. 타인의 토지에 건물을 지어 건물에 대한 권리만 있는 '지상권 주택'을 매매하는 경우도 있고, 반대로 지상권 주택이 있는 토지만 매매하는 경우도 있거든요. 두 가지 모두 복잡한 경우라서, 꼭 사전에 확인해보아야 합니다.

☞ **리모델링이 가능한 집인가?**

기둥과 서까래가 썩지 않고 튼튼한 집이라면 겉보기에 폐가 같아도 리모델링이 가능해요. 저희 집처럼요. 다만, 겉으로만 튼튼해 보이는 건 아닌지 살펴봐야 합니다. 구조적으로 힘을 받는 기둥이나 보가 썩거나 뒤틀리지 않았는지요. 특히 기둥은, 바닥 쪽(주춧돌 부근)에 습기가 차지 않았는지 살펴보는 게 좋습니다. 또 전반적으로 수직과 수평이 잘 맞고, 특정한 쪽으로 기울지 않았는지도 중요합니다. 일부 문제가 있는 경우에도 보수는 가능하지만 비용과 시간이 많이 들 수 있습니다.

☞ **기본 설비가 되어 있는 집인가?**

상하수도, 전기, 정화조, 난방(보일러) 설비가 되어 있는 집인지도 중요해요. 수풀집의 경우 이 중 전기를 제외한 모든 것이 없는 상태였지만 말이에요. 기본 설비가 되어 있는 집을 고르신다면 리모델링 예산 중 많은 부분을 절약할 수 있어요.

☞ **주변에 혐오/기피시설이 없는가?**

축사, 송전탑, 묘지, 공장, 쓰레기매립장, 유류저장소 등을 혐오/기피 시설이라고 불러요. 저는 축사와 공장은 피하고 싶었기에, 가능하면 가축사육제한구역의 집을 알아봤습니다. 가축사육제한구역과 같은 지역 지구는 보통 매매정보에 표기되어 있고요. 주소를 아는 경우, 지목처럼 토지이음 사이트에서 확인해볼 수 있습니다.

☞ **IC 혹은 읍내와 접근성이 양호한가?**

주말 시골살이가 목적이었기 때문에 가능하면 IC에서 30분 이내의 집을 고려했습니다. IC에서 집까지 이어지는 도로가 잘 정비되어 있는지도 고려했고요. 병원이나 마트도 30분 이내라면 좋겠다고 생각했지만, 제게는 아주 중요한 조건은 아니었어요.

☞ **마을의 규모와 구성이 적당한가?**

이건 제 성향상 중요한 항목이었던 것 같은데요. 조용한 시골살이를 원했기 때문에 너무 큰 마을에 속한 집은 처음부터 아예 제외했어요. 집을 본 전후로 마을의 규모(몇 가구로 이루어졌는지)와 구성(원주민과 외지인의 비율은 어떤지)을 중개업자를 통해 확인했어요. 그리고 정말 마음에 드는 집(현재 제가 살고 있는 집)은 계약 전에 이웃집, 이장님과 짧게라도 이야기를 나누어보았습니다.

여기까지가 제가 집을 구할 때 확인한 체크리스트입니다. 지금 제가 살고 있는 집은 이 체크리스트의 항목에 모두 해당했냐고 물으신다면, 아닙니다. 안타깝게도 체크리스트의 모든 항목을 만족하는 집은 찾지 못했어요. 그래서 체크리스트에서 아주 중요하게 생각하는 것과 비교적 덜 중요하게 생각하는 것을 구분해 가점을 두었어요. 저는 '기본 설비가 되어 있는가' 보다 '마을의 규모와 구성이 적당한가'가 더 중요했기 때문에 기본 설비가 전혀 되지 않은 집을 사서 대규모 공사를 하게 되었죠. 살고 싶은 시골집을 구체화해서 나만의 체크리스트를 만들고, 더 중요한 것과 덜 중요한 것을 구분해본다면 내가 원하는 시골집에 좀 더 가까워질 수 있을 거예요.

사실 이런 팁을 공유하는 글을 써도 될까 고민도 했습니다. 저는 시골집을 '딱 한 번' 사서 고쳐본 적 있는 사람이지 전문가가 아니니까요. 그러다 시골집 프로젝트를 시작하기 전의 저를 떠올려봤습니다. 너무 막막해서 시골집 관련 책들을 닥치는 대로 사들이고, 혹시 새로운 글이나 사진이 있을까 매일 관련 키워드를 검색했던 저를요. 시골집을 고쳐 살고 계신 분들께 메시지를 보내보기도 했고요. 그때 나누어주신 경험들이 제게는 큰 도움이 되었기에 그때의 마음을 기억하며 용기 내어 소소한 팁을 적어보았습니다.

두 번째 편지

시골집을 고치려는 당신에게

월말부터 공사를 시작하기로 하고부터 잠을 설쳤다. 여기저기서 착수금 먹튀, 견적 사기, 부실시공 같은 사기 이야길 너무 많이 듣고 본 탓이다. 어느 순간부터는 리모델링을 잘하는 법보다 '리모델링 사기 안 당하는 법'을 더 많이 검색하고 있었다. 인터넷에서 찾은 사기 안 당하는 팁은 여러 가지가 있었는데, 공통적으로 중요하다고 언급하는 것은 두 가지였다. 세부 견적서를 받고 논의할 것. 협의한 내용을 명시하여 계약서를 작성할 것. 그런데 내가 공사를 의뢰하기로 한 시공업체의 견적서는 매우 간략했고, 계약서 이야기도 없었다.

"사장님, 계약서는 언제 쓰면 좋을까요?"
"계약서요? 계약서 쓰고 거기 있는 것만 일한 적이 없어요. 항상 더 했지요."
사장님은 허허 웃으셨다. 공인중개업을 오래 하시다가 주변 단독주택 공사는 알음알음 해오신 터라 견적서나 계약서를 작성한 일이 없다고 하셨다.
"사장님을 못 믿어서가 아니라, 이걸 안 쓰면 제가 잠을 못 자서요."

나는 무려 공정거래위원회 양식의 표준계약서를 내밀었고, 시공업체 사장님의 사인을 받아냈다. 그리고 2020년 3월, (코로나19의 엄청난 확산과 함께) 시골집 공사가 시작되었다.

한겨울 동안 전반적인 시공계획을 세워두었는데도 막상 공사를 시작하니 예측하지 못했던 일들이 생겼다. 실시간으로 A인지 B인지 결정해야 했고, 둘 다 불가능할 때는 재빨리 C를 찾아내야 했다. 선택이 힘들 때마다 겨우내 고민하며 얻은 결론을 떠올렸다. '불편하더라도 최대한 기존의 모양새를 살리자', '주변의 자연과 이웃한 집들과 어울리게 고치자'. 사실 공사 초반에 나를 가장 힘들게 했던 건, 이상과 현실의 타협점을 찾는 일이었다. 공사를 준비하며 여기저기에서 모아두었던 그 많은 참고 자료들은 '참고 사항'으로 접어두고 실제 집에 적용 가능한 방법과 비용을 우선으로 고려했다.

모든 것을 완벽하게 정해놓고 시작하지는 않았다. 70퍼센트 정도만 미리 정하고 나머지는 현장 상황과 업체 의견을 반영하며 그때그때 결정했다. 아파트처럼 규격화된 공간이 아니어서, 해보기 전까지는 가능 여부를 알 수 없는 것들이 꽤 있었기 때문이다. 이런 일을 예상했음에도 불구하고, 생각한 대로 되지 않아 새로운 방법을 찾아나가는 과정이 힘들기도 했다. 비용이나 기간 문제로 타협해야 하는 부분, 시공업체 사장님과 소통 착오로 생각과 다르게 제3의 형태가 된 부분도 있다.

주택 외부 및 기본 설비

집보단 '폐가'라고 표현하는 게 적절할 것 같다. 사람이 살지 않은 지 오래되어, 앞마당에는 수풀이 무성하고 뒷마당에는 폐기물이 가득했다. 마당 한편에는 "빨간 휴지 줄까, 파란 휴지 줄까" 소리가 들릴 법한 재래식 화장실이 덩그러니 자리하고 있었고, 주방도 실내 공간이 아니었다. 어린 시절 시골 할머니 댁에 갔을 때 보았던 주방 그대로, 마당을 통과해서 신발을 신고 들어가는, 흙바닥에 아궁이가 있는 부엌. 이런 부엌이 아직도 남아 있다는 게 놀라웠다. 게다가 지붕은 1급 발암물질인 석면 슬레이트(광물 섬유로 만든 널빤지 모양의 인조 슬레이트로, 지붕을 이는 데에 사용한다)였고 수도나 보일러 같은 기본 설비도 당연히 없었다. 골조와 벽만 있다고 생각하는 게 오히려 위안이 될 것 같았다.

제일 먼저, 석면 슬레이트 지붕 철거부터 알아보기 시작했다. 군이나 면에서 석면 슬레이트 처리 및 지붕 개량 지원사업을 하는 경우, 일부 비용을 지원받을 수 있다. 면이나 군청에 문의하면 대상 여부와 지원 범위를 확인할 수 있다. 수풀집도 일부 비용을 지원받을 수 있었는데 문제는 철거 일정이 집 공사 일정과 전혀 맞지 않는다는 것이었다. 이 문제로 한동안 마음고생을 했다. 지원 비용을 포기할 수도, 공사 일정을 더 앞당길 수도 없었기 때문이다. 결국, 지원을 우선순위에 놓고, 전체 리모델링 공사 전에 지붕 철거와 재시공부터 먼저 진행하기로 결정했다. 기존 지붕을 철거하고, 컬러 강판(금속 지붕재의 한 종류. 다양한 모양과 색 구현이 가능하며 시공이 빠르고 용이해 최근 지붕 개량에 널리 쓰인다)을 새로 얹었다. 지붕만 올렸는데도 새집이 된 것 같았다.

마당에는 따스한 느낌이 나도록 잔디를 깔고 싶었다. 그렇지만 주말에만 머무르기 때문에, 잔디보다는 잡초가 덜 나도록 해준다는 쇄석(잘게 깨뜨려 부순 돌)을 마당에 깔았다. 그리고 본채 구들을 깬 돌들로 마당 디딤석을 만들었다.

Before

After

주방

리모델링할 때 가장 마음 쓴 공간이 어디냐고 묻는다면, 단연 주방이다. 요리를 할 때, 무언가를 먹고 마실 때, 공간에서 오는 여유와 따뜻함을 느낄 수 있기를 바랐다. 물론 지금은 그런 공간이 되었지만, 마음을 많이 쓴 만큼 공사 전 가장 걱정이 컸던 곳도 주방이었다.

처음 주방에 들어섰을 때, 안에서도 떡 하니 하늘이 보이길래 얼마나 놀랐는지 모른다. 주방 천장 일부가 무너진 것이다. 한쪽에는 아궁이가 있었던 흔적이, 반대쪽으로는 벽면 가득 땔감과 폐기물이 쌓여 있었다.

제일 먼저 천장을 터 서까래를 노출하기로 했다. 한옥의 정취를 살리는 동시에, 좁은 주방 공간을 넓어 보이게 하기 위함이었다. 하지만 무너진 천장 서까래 일부가 부러져 있었기 때문에 어쩔 수 없이 천장 골조를 보강하고, 서까래는 일부만 노출하기로 최종 결정했다. 주방 벽면 위쪽의 문살들도 채광을 위해 막지 않고 그대로 두기로 했다. 문살에 금속코팅을 해서 단열과 채광이 뛰어나다는 '로이유리'로 된 픽스 창(개폐가 불가능한 고정 창호)을 끼웠다. 아침해가 뜰 때, 주방으로 스미는 햇살을 누릴 수 있는 건, 문살이 남아 있는 덕분이다.

주방 양쪽으로 난 한옥 출입문 형태도 그대로 두었다. 대신 한쪽 문에는 터닝 도어를, 다른 한쪽에는 픽스 창을 설치했다. 터닝 도어를 설치한 쪽이 수풀집의 주 출입구다. 터닝 도어는 보통 아파

트 베란다에 시공하는 문으로, 외부 공기 차단에 뛰어나다. 일반 문보다는 비용도 더 비싸고 투박해서 디자인적으로 썩 뛰어나진 않다. 그렇지만 시골 한옥 주방, 그것도 외부였던 공간인지라 가장 중요한 것은 단열이었기 때문에 다른 선택이 없었다. 게다가 한옥 출입문에는 없는 잠금장치가 있다는 것도 장점이었다. 픽스 창을 시공한 반대쪽 문으로는 주방에 앉아 언제나 뒷마당을 내다볼 수 있어서 좋다.

주방의 창과 문은 이렇게 해결하였으나, 가장 큰 문제는 주방 집기였다. 냉장고, 드럼세탁기, 싱크대, 인덕션이 모두 들어가야 하는데 가용 공간이 너무 좁았다. 결국 보통 가정집에 시공하는 것보다 작은 사이즈의 싱크대를 주문 제작했다. 상부장도 과감히 포기했다. 대신 원래 이 집에 있었던 붙박이 벽장을 그대로 살려서 사용하기로 했다. 온갖 그을음과 먼지, 심지어 탈피한 유충 껍데기까지 가득해서 처음에는 철거하려고 마음을 먹었었다. 그러다 이런 것도 살릴 수 있을까 하는 마음으로 샌딩기(목재의 면을 다듬고 곱게 만들어주는 목공기구)로 벽장을 한 겹 벗겨내고 나니 웬

결, 멋진 나뭇결을 자랑하는 벽장이 되었다. 게다가 수납력까지 겸비한, 지금은 우리 집 주방의 시그니처라고 할 수 있다.

Before After

Before   After

거실 그리고 침실

원래 이 집은 정방형 모양의 작은 방 세 개가 일자로 이어져 있는 구조였다. 공간이 분할되어서 답답한 느낌이 들기도 했고, 혼자 사는 집에 방이 이 정도로 필요하지는 않아서 구조를 변경하기로 했다. 방 두 개를 터서 거실 겸 큰방으로 사용하고, 나머지 하나 는 침실로 사용하기로 한 것이다.

방마다 있던 세 개의 전통 창호문은 나에게 엄청난 고민을 안겨 주었다. 살이 부러지거나 이가 안 맞는 데도 많았지만, 그냥 포 기하기는 아쉬웠다. 전통 창호야말로 한옥집의 상징이니까. 무 엇보다 이 문을 살리려면 단열과 보안 문제를 먼저 해결해야 했 다. 집다운 집이라면 보기 좋은 것 이전에, 안전하고 따뜻해야 하 기 때문이다. 고민 끝에 바깥쪽 창호는 그대로 두어 형태를 유지 하고, 방 안쪽으로 픽스 창을 한 번 더 끼우기로 했다. 출입은 불 가능하지만 내외부에서는 전통창호의 형태로 보이고, 문을 열면 통유리라서 개방감도 있기 때문이다. 이렇게 결정하고 난 뒤, 바 로 친구들을 동원했다. 문짝을 전부 떼서 칫솔과 함께 친구들에 게 들려주었다. 손이 제대로 닿지 않는 문짝 안쪽까지 칫솔로 구 석구석 닦고, 부러진 곳들도 정성스레 이어 붙였다. 마지막으로 풀을 먹인 창호지를 붙여 수풀집의 출입불가 가짜 문들이 완성되 었다.

멋진 문양이 은은히 비치는 문을 바라볼 때마다, 지금도 나는 칫 솔을 든 친구들이 떠오른다.

Before   After

Before   After

화장실

마당 한편에 작은 건물을 처음 보았을 때, 당연히 창고일 것이라고 철석같이 믿었는데 알고 보니 그곳은 재래식 화장실이었다. 말하자면, 화장실은 새로 만들어야 한다는 뜻이었다.

화장실 시공계획 짤 때를 생각하면 아직도 웃음이 난다. 화장실을 신설할 수 있는 공간이 정말 협소해서, 실제 크기의 공간을 종이 위에 그린 뒤 변기를 이쪽저쪽으로 옮겨보곤 했다. 그리고 변기에 앉았다 일어났다 하는 시뮬레이션까지 해보았다. 수없이 많은 시뮬레이션 끝에 1평짜리 작은 화장실이 탄생했다.

한 달 후 공사가 끝났다. 다시 계약서를 꺼내 들 일도 없었고, 잠 못 자고 미리 걱정했던 일들도 일어나지 않았다. 동동거리며 했던 준비 덕분일 것이다. 집 고치기에도, 인생에도, 만약에 대한 대비가 필요하다는 게 여전한 내 입장이다. 그렇지만 준비가 끝난 후에는 과거나 미래가 아닌, 그 순간에 머물러야 한다.

여전히 나는 '걱정 인형'이라 무언가를 새로 시작할 때면 플랜 B, C, D, E, F까지 세워둔다. 그것도 모자라 최악의 예상 시나리오를 짜느라 밤잠을 못 이루기도 한다. 그럴 때면 나는 집 고치기의 기억을 떠올린다.

철저하게 준비할 것.

그러나 출발 신호가 울리면 그 순간을 누릴 것!

시공계획 세우기 + 시공업체 선정하기

시골집은 구했는데 무엇부터 하면 좋을지 막막하다고 하시는 분들의 메
시지를 읽고 고민하다 늦은 답장을 보냅니다. "이렇게 해보세요~" 하
고 알려드릴 수 있다면 좋을 텐데 사실 참 어려운 질문이에요. 고쳐야 할
집도, 그 집에 살 사람도 다를 테니까요. 그래서 그냥 제 이야기를 그대
로 들려드리면 어떨까 합니다.

시골집을 막 계약했던 2019년 가을을 떠올려보았어요. 막막했어요. 덜
컥 시골집을 사긴 했는데, 무엇부터 시작해야 할지 몰랐거든요. 시골집
을 구하러 다닐 때와는 다른 종류의 막막함이었어요. 집이 생기기 전에
는 '에이, 안 되겠다!' 하고 없던 일로 해버릴 수 있었지만, 이젠 그럴 수
가 없었거든요.

무작정 시공업체를 찾기 시작했어요. 얼른 공사를 시작해서 초겨울에
끝났으면 했거든요. 한파가 시작되면 공사를 못 할 텐데, 막막한 채로 해
를 넘기긴 싫어서요. 열심히 알아봤지만 공사를 맡겠다는 곳을 선뜻 찾
기가 어려웠어요.
1. 시골 폐가, 2. 한옥, 3. 신축이 아니라 리모델링. 이 세 가지를 모두 갖
춘 집을 시공할 수 있는 업체가 별로 없다는 걸 그제야 알게 되었어요.
어떻게든 몇 곳의 업체를 찾아 상담을 했습니다.

처음 상담을 받은 곳은, 한옥 리모델링을 전문으로 하는 업체였어요. 제
예산을 듣더니 공사가 어렵다는 답을 주었어요. (초기 예산이었던) 3천만
원으로는 창호 비용 충당도 어렵고, 서너 배는 더 들여야 공사가 가능하
다고요. 또 다른 곳에서는 같은 예산으로 기본 설비 공사는 충분히 가능

하다고 했어요. 그 후로 몇 곳에서 상담을 더 받았습니다. 새로운 업체와 이야기를 나눌 때마다, 새로운 집이 탄생하는 것 같은 기분이었어요. 딱 기본 설비만 된 시골집이 되기도 했고, 아파트 못지않게 편의가 잘 반영된 집이 되기도 했습니다. 종종 화려하고 멋들어진 시골집이 되기도 했고요. 그러다 깨달았습니다. 어떤 집으로 만들지, 어떤 점은 그대로 두고, 어떤 점은 새롭게 할지는 업체가 아니라 제가 먼저 결정해야 한다는 것을요. 그래야 어떤 규모의 공사를 어떤 모양과 방식으로 진행할지 결정할 수 있으니까요. 시공업체 선정은 그다음에 고민해도 충분해요.

'어떻게 고칠까'를 고민하는 시간이 예상보다 길어졌습니다. 그사이 짧았던 가을이 끝나가고 있었어요. 공사는 다음 해 봄으로 미루기로 했어요. 덕분에 시간이 충분히 생겼고 주말마다 집에 들러 공간감을 익히고 가능한 모든 부분을 실측했어요. 노트에 도면을 그리면서 집의 구조를 고민했어요. 화장실을 오른쪽 끝에 두었다가, 왼쪽 끝에 두었다가 하는 식으로요. 처음에는 손으로 그리다가 나중에 초보자도 쉽게 할 수 있는 앱 'Planner 5D'을 발견해서 좀 더 쉽게 구조를 그려볼 수 있었어요.

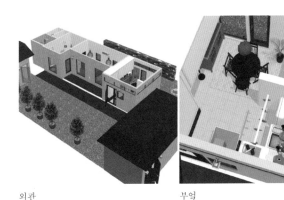

외관   부엌

거실　　　　　　　　　　　　침실과 화장실

☞ **도면을 가지고 각 부분을 어떤 모양과 방법으로 시공하면 좋을지 알아보기**
시작했어요

〈지성아빠의 나눔세상〉, 〈박목수의 열린 견적서〉 같은 인터넷 카페
의 도움을 받았습니다. 구옥 리모델링 경험이 있는 분들의 SNS도 큰
도움이 되었어요. (제가 수풀사이로 인스타그램을 시작하게 된 계기이기도 합
니다.) 검색을 반복하다 보니 이건 이 방법으로 하면 좋을 것 같다, 예
산은 얼마 정도 들겠다 하는 감이 오기 시작했습니다.

우리 집이 가진 고유한 매력도 알게 되었어요. 오래된 서까래, 먼지
앉은 전통 창호, 이가 맞지 않는 빗장, 마치 집의 일부 같은 나무 벽장
같은 것들요. 그제야 이 집을 어떻게 고치고 싶다는 오랜 고민을 마
무리할 수 있었어요. 조금 불편해도 기존의 모양새를 최대한 살려서,
시간의 흐름을 간직한 집으로 고치자고 마음먹었습니다. 전체적인
리모델링 방향과 구조를 정하고 다시 시공업체 찾기에 나섰습니다.

☞ **먼저 블로그와 카페를 통해 후보 업체를 찾았어요**

거주하는 곳(서울)과 공사할 시골집(충남 금산)이 멀어서 시공업체 선
정도 인터넷 검색을 통해 진행했어요. 전화나 메일로 간단히 의견을

주고받은 후 현장에서 만나 미팅을 하고 견적을 받았습니다. 그중에는 현장 미팅 후 공사가 어렵겠다고 한 업체도 있었죠.

☞ **업체를 선정할 때는 이전에 그 업체가 공사했던 집이나 건물들을 살펴봤어요**

업체에 대한 정보가 너무 없어서 의지할 것이라곤 업체의 포트폴리오, 시공했던 집밖에 없었거든요. 제가 고려한 업체들은 큰 시공사들처럼 홈페이지를 운영하는 규모는 아니어서 업체 블로그를 통해 확인했어요. 블로그에 시공 과정을 자세히 올리는 곳들도 있어서 업체의 시공 스타일을 파악하는 데 도움이 되었습니다. 제가 계약한 업체도 그랬답니다. 구옥이나 주택 리모델링 경험이 있는 곳인지도 확인했어요. 한옥 전문 리모델링 업체는 비용이 예산을 많이 초과해서 아예 고려할 수 없었는데요. 한옥 전문은 아니더라도 흙집으로 된 구옥이나 주택 리모델링 경험이 있는지를 중요하게 고려했습니다.

☞ **마지막으로 서로 중요하게 생각하는 부분을 체크했어요**

저는 무엇보다 철거는 최소화하고 손이 더 가더라도 기존의 집에서 보존하고 싶은 부분이 많았어요. 그래서 그런 시공 방향을 이해하고 같이 고민해줄 수 있는 업체인지가 가장 중요했습니다. 시공사 사장님은 이전 현장에서 공사 진행이 어려울 정도로 간섭하는 건축주가 있어서 힘드셨다고 했어요. 저는 시공의 모든 단계를 의논하고 협의하되, 결정한 부분은 시공업체를 믿고 맡기기로 했습니다. 사장님은 "그럼 우리 같이 고민해보시죠!"라는 답을 주셨고, 이후 바로 계약을 진행했습니다.

제 이야기가 도움이 되었을지 모르겠어요. 어떤 순서와 방법이 가장 좋다고 속 시원히 알려드릴 수 있으면 좋을 텐데, 물음표만 더 많이 던져드렸을 수도 있겠네요. 그렇지만 확실히 말할 수 있는건, 시공 전에 집을 알아가는 시간이 필요하다는 거예요. 만약 제게 고민의 가을과 겨울이 없었더라면, 수풀집은 전혀 다른 공간이 되었을 거예요. 또 하나는 어떻게 고칠까에 대한 답은 내가 정해야 한다는 것이에요. 전문가인 시공업체가 더 멋지고 좋은 방법을 제안해줄 수는 있지만, 내 마음까지 들여다볼 수는 없으니까요.

⌂

Q&A

5도2촌, 무엇이든 물어보세요

시골집에 살면서 가장 많이 받은 질문들을 모아봤어요. 예전의 제가 시골살이를 꿈꾸던 때 누군가에게 가장 묻고 싶었던 질문들 이기도 해요. 살 곳을 찾는다는 것, 쉽지 않은 일이잖아요. 독립한 지 10년이 넘어 그동안 아주 많은 곳에서 살아보았는데도, 그때마다 매번 아주 큰 마음을 먹어야 했어요. 하물며 시골집이잖아요. 낯선 시골 마을에 오래된 집을 구해서 사는 게 막막한 건 당연한 일인 것 같아요. 지금 이 글을 읽고 있는 분 중 과거의 저와 같은 고민을 하는 분이 분명 있을 거예요. 고민의 밤이 조금이라도 짧아지기를 바라며, 5도2촌 시골살이에 도움이 될 만한 제 경험을 소개할게요.

Q. 시골집 매매 비용은 얼마나 들었나요?

A. 처음 예산은 3천만 원이었는데요. 주차장으로 사용할 집 앞의 자그마한 땅 매매까지 모두 합해 총 6천만 원 정도 들었어요. 취득세와 등록세, 중개수수료 모두 포함한 비용입니다.

Q. 리모델링 비용은 얼마나 들었나요?

A. 리모델링 비용은 5천만 원 정도 들었어요. 수풀집은 단순 리

모델링이 아니라 상하수도 공사와 화장실(정화조 매립과 허가 포함), 보일러 공사 같은 기본 설비가 필요한 리모델링이라 비용이 커졌어요. 쌓여 있던 폐기물을 정리하고 처리하는 비용도 들었고요. 특히 석면 슬레이트 지붕 철거 및 폐기는 군에서 철거비용 일부를 지원받을 수 있었지만, 전액 지원은 아니라서 추가로 비용이 들었고요.

리모델링 비용을 줄이기 위해 일부는 반 셀프 시공을 하기도 했습니다. 이를 위해 간단한 장비를 구입하는 비용이 따로 들었어요. 장비, 가구, 가전, 집기 구매와 공사 기간 사용한 잡비가 추가로 천만 원 정도 더 들어 총 6천만 원 정도 사용했습니다.

Q. 공사를 마치고 나서 이게 아쉽다, 하는 점이 있을까요?

A. 여러 가지가 있지만 세 가지만 꼽아볼게요. 우선 공사 전에 집 안팎 해충 방제작업을 미리 하지 못한 게 아쉬워요. 빈집 상태로 오래 있었던 집이고 흙과 나무로 지어진 집이라 벌레들이 많았거든요. 공사 전 미리 방제작업을 했어야 하는데 미처 생각하지 못한 거죠. 그래서 저는 공사 후에 따로 작업했는데요. 공사 전에 했다면 좋았을 것 같아요. 마당에 쇄석을 깐 것도 아쉬움이 남는 부분 중 하나예요. 주말주택이라 잡초를 감당할 자신이 없어 쇄석을 깔았는데 지금 다시 한다면 동그랗고 따뜻한 느낌이 드는 '강자갈'을 깔 것 같아요. 마지막으로 집 고치기 전, 그리고 고치는 과정을 사진과 글로 많이 기록하지 못한 게 가장 아쉽답니다.

Q. 수풀집 난방은 기름보일러인가요? 저도 어릴 적에 주택에서 살았는데요. 겨울마다 난방비가 많이 들어 부모님이 고생하셨던 기억이 나서요. 난방 비용이 얼마나 드는지 궁금해요.

A. 수풀집은 기름보일러를 사용하고 있어요. 서울에서 사용하는 도시가스에 비하면 비용이 부담되기는 해요. 다행히 주말에만 머물러서 상시로 머무는 주택만큼 비용이 많이 들진 않더라고요. 연간 기름값으로 6~70만 원 정도 사용하고 있어요. (겨울에만 4~50만 원 정도 들어요.) 보조로 에어컨 겸용인 벽걸이용 난방기와 난로를 함께 사용해, 전기세로 연간 15~20만 원 정도 더 사용합니다.

Q. 시골이라 벌레가 많을 것 같은데요. 힘들지 않으신가요?

A. 겨울을 제외한 모든 계절에는 그 계절에 맞는(?) 벌레가 있어요. 저는 벌레를 좋아하진 않지만, 특별히 무서워하지도 않는 편이에요. 시공 과정에서 창틀이나 창호에 신경을 좀 더 쏜다면 실내 공간에 벌레가 유입되는 것을 좀 덜 하게는 할 수 있을 것 같아요. 하지만 시골살이에 벌레가 아예 없을 수는 없어요. 특별히 깨물거나 공격하는 벌레는 아직까지 없었어서, 사이좋게 공생하려고 노력 중이에요.

Q. 시골집이 너무 멋진데요. 한편으론 치안 문제가 걱정되기도 해요. 그런 문제는 따로 없나요? 무섭진 않으신지 궁금해요.

A. 저도 많이 고민했던 부분이에요. 한옥이라 모든 방에 전통 창호로 된 출입구가 있는데 예쁘긴 하지만 보안엔 취약하거든요. 겉모양은 그대로 두고 안쪽에 '픽스 창(고정된 유리)'을 시

공했습니다. 개방감은 있지만 출입은 불가능하도록요. 그리고 잠금장치를 설치한 하나의 문을 통해서만 출입이 가능하도록 구조를 바꿨어요. CCTV를 설치해서 사용하고 있고요. 시골집이 아니더라도 주택에는 필요한 부분 같습니다.

그리고 다행스럽게도 제가 살고 있는 집은 '나 홀로 주택'이 아니라 이웃집들과 가까워요. 한밤중에도 도움을 요청하면 누구든 금방 달려올 거리입니다. 그래서 밤중에도 크게 무섭게 느껴지진 않아요.

Q. 5도2촌 할 때 키우시는 고양이, 소망이도 함께 다니나요? 적응을 잘하는지 궁금해요.

A. 소망이도 5도2촌 생활을 함께하고 있어요. 소망이는 아기 고양이 때부터 차를 많이 타봐서 차량 이동은 수월하게 하고 있어요. 새로운 공간이나 사람에 대한 호기심도 많은 편이라 수풀집에도 잘 적응해주었고요. 주말 귀촌을 계획하고 집을 계약할 때까지는 소망이를 반려하고 있지 않았어요. 우연한 기회로 피부병에 걸린 소망이를 임시 보호하다가, 계속 낫질 않아 제 가족이 된 경우거든요.

고양이는 소리에 굉장히 예민하고 정해진 영역에서 살아가는 영역 동물이에요. 매주 차를 타고 이동하고, 새로운 환경에 노출되는 게 권장할 만한 일은 아니라고 생각해요. 반려동물은 가족이니까, 신중한 입양이 필요합니다.

Q. 시골집 매매, 구상, 리모델링까지 총 기간은 얼마나 걸렸나요?

A. (막연히 꿈꾸던 기간은 제외하고) 시골집 찾기를 시작해서 가계약

할 때까지 딱 3개월 걸렸어요. 순식간이죠? 제가 순식간에 일을 저질렀더라고요. 그 후 실제 계약을 하고 리모델링을 구상하는 데까지 6개월 정도 더 걸렸고요. 정리하면, 매매 3개월 + 구상 6개월 + 공사 1개월 = 총 10개월 소요되었습니다.

Q. 귀촌을 알아보고 있는데 텃세가 있다고 해서 걱정이에요.

A. 제가 주말 시골살이를 결심했을 때, 가장 걱정했던 게 이웃과의 관계였어요. 덜컥 시골집 계약을 하고 나서, 뒤늦게 엄청난 시골 텃세 사례들을 보게 된 거예요. 그걸 보고 한동안 잠을 못 이루기도 했어요. 걱정과 달리 저는 이웃들의 도움으로 집도 돌보고, 농사도 짓고, 계절마다 해야 하는 일들을 차근히 해나가고 있습니다. 앞집 할머니, 옆집 마을회장님 댁, 건넛집 어르신 같은 다정한 이웃들이 없었더라면 제 시골살이가 어땠을지 상상할 수가 없네요.

지난 몇 년간 지내보니, 결국 시골도 사람 사는 곳인 것 같아요. 마냥 좋기만 할 거라고 상상해서도 안 되겠지만, 시골 텃세라는 단어에 지레 겁을 먹을 필요도 없다고 생각해요. 여러분의 5도2촌 생활에 응원을 보냅니다.

Editor's letter

자신의 일을 사랑하는, '일잘러'인 작가님은 어느 날 마음이 방전되고 말아요. 그리고 덜컥 시골
집을 삽니다. 이 책은 그렇게 시작되는 이야기예요. 작가님은 주에 2일, 시골집을 돌보며 사계절
을 느끼며 부지런히 움직입니다. 몸도 마음도 온전히 충전하는 시간. 그 후 서울로 돌아오는 길,
월요일을 마주하는 것도 두렵게 느껴지지 않는다는 말이 훅 다가왔어요. 주말의 시골 생활을 담
은 작가님의 이야기가 나의 주중까지 돌볼 힌트를 줄 거예요. **현**

〈중간이 편한 사람의 집〉(p.188)이라는 꼭지에서 작가님은 '취향'에 대해 이렇게 얘기하셨어요.
"어쩌면 취향이란 열렬히 좋아하는 게 아닐 수도 있다. 51 대 49의 비중으로 아주 조금 더 좋아하
는 걸 선택하는 것도 누군가의 취향일 수 있다"고요. 저는 이 말에서 의외의 위로를 받았답니다.
100 대 0으로 모든 걸 쏟아붓지 않아도 된다는 말로 들렸거든요. 100 대 0으로 도시생활을 버티지
않아도 됩니다. 100 대 0으로 시골생활에 도전하지 않아도 돼요. 한쪽 편에 100의 마음을 쓰는 것
에 지친 주민님들께, 이 책이 위로와 응원을 보내는 책이 되길 바랍니다. **령**

금요일엔 시골집으로 퇴근합니다

1판 1쇄 발행일 2022년 8월 9일
1판 4쇄 발행일 2022년 11월 29일

지은이 김미리
발행인 김학원
발행처 (주)휴머니스트출판그룹
출판등록 제313-2007-000007호(2007년 1월 5일)
주소 (03991) 서울시 마포구 동교로23길 76(연남동)
전화 02-335-4422   **팩스** 02-334-3427
저자·독자 서비스 humanist@humanistbooks.com
홈페이지 www.humanistbooks.com
시리즈 홈페이지 blog.naver.com/jabang2017
디자인 디자인 이프   **용지** 화인페이퍼   **인쇄** 삼조인쇄   **제본** 광현제책사

자기만의 방은 (주)휴머니스트출판그룹의 지식실용 브랜드입니다.

ⓒ 김미리, 2022
ISBN 979-11-6080-877-3 (03810)